Que de lejos
parecen moscas

Kike Ferrari

Que de lejos parecen moscas

NEGRA
ALFAGUARA

Papel certificado por el Forest Stewardship Council®

Primera edición: enero de 2018

© 2018, Kike Ferrari
© 2018, Penguin Random House Grupo Editorial, S. A.
Humberto I 555, Buenos Aires
© 2018, Penguin Random House Grupo Editorial, S. A. U.
Travessera de Gràcia, 47-49. 08021 Barcelona

© Diseño: Penguin Random House Grupo Editorial, inspirado en un diseño original de Enric Satué

Printed in Spain – Impreso en España

ISBN: 978-84-204-3193-2
Depósito legal: B-22992-2017

Impreso en Unigraf, Móstoles (Madrid)

AL31932

Penguin
Random House
Grupo Editorial

Maybe I'm not sure what I mean.
I guess mostly what I mean is that
there can't be no personal hell
because there ain't no personal sins.

JIM THOMPSON

War konsequent nur in seiner
Gier nach Reichtum und
in seinem Haß gegen die Leute,
die ihn hervorbringen.

KARL MARX

If there was a market, he would have
sold his chances for a thin dime.

DAVID GOODIS

*Si alguien quiere leer este libro como
una simple novela policial, es cosa suya.*

RODOLFO WALSH

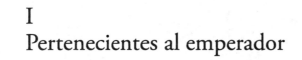

I
Pertenecientes al emperador

1

El señor Machi se apoya en el respaldo del sillón, hunde su mano en la melena rubia que se mueve rítmicamente entre sus piernas y cierra los ojos. Los primeros rayos de sol de la mañana se cuelan en forma de triángulo por la ventana y avanzan sobre el escritorio iluminando a su paso la lapicera, los dos vasos semi-vacíos, la miniatura del Dodge de Fontanita, el teléfono antiguo, el papel abierto, la pila de merca, la tarjeta de crédito con los bordes blanquecinos por el uso y el cenicero sucio, para derramarse finalmente sobre el cuadro con la foto familiar en la que el señor Machi, diez años más joven, sonríe junto a sus dos hijos y su mujer en una playa del Mediterráneo. Cuando el vértice del triángulo de luz alcanza la cabellera rubia, los movimientos de ésta empiezan a ser menos rítmicos y a acompañar los estertores del cuerpo del señor Machi, que cierra su mano sobre un puñado de pelo rubio y vocifera su orgasmo en un ronquido ahogado. Después se desploma en el sillón, se afloja el nudo de la corbata, saca un Dupont de oro del primer cajón del escritorio y prende un Montecristo mientras la mujer acomoda su melena, se limpia la comisura de los labios y se arma una línea.

Querés, pregunta.

Tiene un rostro joven ligeramente avejentado y el rímel corrido bajo el ojo izquierdo, lo que le da cierto aire de dejadez, de abandono, de desesperanza.

El señor Machi piensa en sus problemas cardíacos y en la pastillita azul que tomó hace poco menos de una hora y que garantiza que su sexo, aún ahora enhiesto, tenga una retirada lenta y altiva.

No, no, contesta con el humo del tabaco en la boca, soltándolo luego para que se mezcle con el creciente triángulo de luz que ingresa por la ventana y dibujen —la luz y el humo— figuras en el aire que nadie va a mirar.

La mujer joven de pelo rubio jala —una, dos, tres veces— y putea, gustosa y engolosinada: a la calidad de la merca, a su suerte, al triángulo de luz que anuncia otro día hermoso —maldición— y al sabor del semen del señor Machi en su boca.

Me voy, Luis, anuncia.

Cerrá la puerta, yo tengo que quedarme un rato más. Que Eduardo y Pereyra se ocupen de que estén todos temprano esta noche, eh, acordate que vienen los mexicanos...

Tranquilo, arreglo todo con ellos; nos vemos esta noche, corazón, se despide la mujer joven con un beso en el cuello. El señor Machi se deja besar y sigue jugando con el humo del Montecristo, como si ella ya no existiera, como si vaciado de deseo, aquella chica de melena rubia y nariz ávida no fuera ya más que una molestia. Después, cuando ella se da vuelta y se va caminando hacia la puerta, moviendo las caderas dentro de la pollera verde, le mira el culo.

Mañana se lo rompo, piensa.

Una vez solo en la oficina va hasta el baño y se mira al espejo.

Ve éxito en el espejo, el señor Machi.

¿Qué es el éxito para él?

Sonríe al espejo y piensa que el éxito es él.

Éxito es una pendeja rubia chupándote la pija, Luisito —piensa sonriente frente al espejo—, el sabor de un Montecristo. Éxito es la pastillita azul y diez palos verdes en el banco.

Vuelve a darle fuego al tabaco que lo espera en el cenicero sobre el escritorio y marca un número en el teléfono antiguo. El triángulo de luz ya se hizo dueño de la oficina y no deja dudas sobre la llegada de la mañana.

Hola, contesta la voz somnolienta y brumosa de la mujer, acentuando la a.

Hola, recién termino, en un rato salgo para allá.

¿Recién terminás?, se burla ahora la mujer con afán de pelea, *qué amable en llamar, ¿te lavaste antes, al menos?*

No me rompas las pelotas, Mirta, ¿querés?, prepará algo para el desayuno que en una hora más o menos estoy en casa, retruca el señor Machi con más aburrimiento que enojo.

Bueno, le puedo pedir a Gladis que prepare algo si querés, la voz de la mujer parece desperezarse tras la malicia de la frase, *ah, no, a Herminia le puedo decir...*

Otra vez con eso, Mirta, se queja el señor Machi. Piensa, mientras le da una nueva pitada al Montecristo, por qué no le habrá dicho a la chica de melena rubia y pollera verde que se quedara y le rompía bien el culo, si por lo visto la pastillita todavía está trabajando.

¿Y a qué voy a deber el honor de desayunar con vos, si se puede saber?, la voz de la mujer, Mirta, pierde somnolencia y gana ira con cada palabra, puede sentirse el temblor nervioso en las vibraciones de las eses, pronunciadas como un siseo de serpiente.

Es mi casa, ¿no?, replica el señor Machi, que siente que se le acaba la paciencia, *sos mi mujer, ¿no? Bueno, hacé algo rico de desayunar, dale... En una hora, más o menos, llego.*

Corta.

Rompepelotas, piensa.

Decide que pese a la pastillita azul y sus problemas cardíacos se va a tomar un pase antes de irse.

2

Buenos días, señor, ¿todo en orden?, pregunta el gorila de cabeza afeitada que —la mirada atenta, las manos cruzadas en la espalda, ningún gesto en el rostro impersonal— custodia la puerta del garaje, en el subsuelo de El Imperio.

Qué hacés, contesta el señor Machi con las mandíbulas tensas.

Chasquea los dedos y estira la mano.

Llaves, dice.

Llaves, repite sin dar tiempo a nada.

El gorila de cabeza afeitada se mueve rápido, con una agilidad inesperada en un cuerpo tan grande y pesado.

Señor, dice sin un gesto en el rostro cuando pone las llaves del BM en la mano estirada del señor Machi, que sigue caminando sin siquiera pensar en la palabra gracias.

Esperá que yo haya salido y en un rato andate a dormir, gordo, dice el señor Machi mirando hacia otro lado y sin dejar de caminar.

Después hace sonar dos veces la alarma del BM. Sube. Es una sensación fantástica el asiento. Él mismo eligió el tapizado.

Parece la caricia de un culo joven, piensa el señor Machi.

Se saca la corbata, la guarda en el bolsillo del saco y ajusta el espejo retrovisor para mirarse. Hace una mueca que sin cocaína hubiese sido una sonrisa. Se observa los ojos, los dientes, las encías, por último las fosas nasales buscando restos. No hay. Vuelve al espejo y a pensar en el éxito.

Este auto es el éxito, Luisito, la merca de primera que tomaste recién, papá, tu colección de corbatas de seda italiana, piensa, y hasta la rompepelotas de Mirta es el éxito.

Busca en la guantera los anteojos de sol Versace y se los pone. Ahora sí, está listo. Entonces gira la llave de contacto y el motor del BM se enciende, inaudible y poderoso. Ni bien las puertas del garaje se cierran tras las luces traseras del automóvil negro que se pierde en Balcarce a contramano hasta alcanzar Belgrano, el gorila de cabeza afeitada escupe al suelo, se afloja la corbata y, moviendo la cabeza como si negara, dictamina: *Hijo de mil putas.*

3

Es un rayo negro que cruza la General Paz a las siete de la mañana y va dejando miradas de asombro y envidia a su paso. El señor Machi siente como una caricia esas miradas celosas de su suerte que chocan contra la carrocería del BM que pasa como si se deslizara por el asfalto hasta alcanzar el Acceso Norte hacia Panamericana. El celular suena justo en el momento en que la curva se abre y se cierra y el rayo negro sube a la Panamericana.

Machi, responde.

Hola, pa, disculpá que te joda a esta hora pero necesito saber si el otro día no se me cayó de la cartera un libro en tu auto, lo necesito para la facu y...

El señor Machi, que ya dejó de escuchar, apoya el teléfono en el asiento del acompañante mientras conecta el manos libres y empieza a buscar con la mirada el libro de su hija. Cuando se pone el auricular ella sigue explicando la urgencia por encontrarlo.

... tengo un parcial la semana que viene y resulta que...

Un vértice anaranjado asoma apenas entre el asiento del acompañante y la puerta. El señor Machi, sin bajar la velocidad ni sacar la mano izquierda del volante, se estira y lo toma. Es el libro: *Las palabras y las cosas*.

Acá está, Luciana, interrumpe el señor Machi el monólogo de su hija, *pasá a buscarlo por casa cuando quieras. O por El Imperio esta noche, ahora te dejo que estoy manejando, nena.*

Ok, pa, pasamos esta noche con Fe, entonces. Nos vemos tipo nueve. Te dejo un beso, dice la hija, pero el señor Machi no la escucha. Cortó inmediatamente después de la palabra nena para concentrarse de lleno, ahora sí, en el placer de pilotear el rayo negro que se desliza por el asfalto de la Panamericana.

No quiere pensar en sus hijos, ni en Luciana ni, sobre todo, en Alan. Y ya no necesita preguntarse qué es el éxito, porque lo siente en el poderoso ronroneo sordo del acelerador bajo el pie derecho, en la suavidad del asiento y la docilidad de la dirección, en el reflejo del sol y las miradas de asombro y envidia que brillan contra la carrocería del BM.

No ha pasado ni un kilómetro desde el segundo peaje cuando el señor Machi siente un tironeo en el volante y que el coche, que cruzaba como un rayo negro el asfalto, se bandea hacia la izquierda.

Pinché una goma, piensa.

Piensa: delantera derecha.

Endereza el BM con una maniobra de virtuosismo casi profesional y lo acerca a la banquina.

Mierda, dice en voz alta el señor Machi.

Mierda.

Mierda.

Debe hacer veinte, veinticinco años que no pincho una goma, piensa, ¿para esto gasta uno 200 lucas en un auto?

Después, sin parar el motor, apoya la cabeza en el tapizado que él mismo eligió y cierra los ojos por un instante. Tiene que armarse de paciencia y tolerancia para salir del auto. Y sobre todo prepararse para soportar las miradas de burla que el resentimiento dibujará en aquellos que en sus viejos Duna, Quinientos Cuatro o Diecinueve, autos que valen lo que él gasta en una puta o en un almuerzo, pasen junto al BM varado al costado del camino y que hace apenas unos instantes lo vieron deslizarse como un rayo negro. Sabe que todos esos pobres diablos se van a alegrar de verlo tirado allí, con una goma en llanta.

Una pequeña victoria para sus vidas minúsculas, piensa.

Así que mientras deja pasar la primera tanda de Duna, Quinientos Cuatro y Diecinueve, antes de salir a confirmar la goma pinchada, abre el libro de su hija y lee:

Este libro nació de un texto de Borges. De la risa que sacude, al leerlo, todo lo familiar al pensamiento.

Qué, se pregunta.

Mueve la cabeza, de un lado al otro. Lee un poco más y decide que lo que lee es una enumeración absurda, una estúpida lista que se le podría haber ocurrido a un nene de cinco años.

¿Para eso le pago la facultad?, piensa, ¿para que lea estas boludeces? Si por lo menos estudiara abogacía, o ingeniería, pero no.

¿Y estos tipos son a los que reverencia Luciana? ¿Así que cosos como este pelotudo, al que le causa gracia una lista que podría haber escrito un nene de cinco años, son los que con tanta devoción estudia su hija en la facultad que le sale 450 dólares por mes? ¿Éstos son los filósofos, los sociólogos, los pensadores? ¿Esto le inculcan a Luciana los profesores a los que él les paga el sueldo? ¿Qué saben hacer, a ver? ¿Pueden levantar un imperio de la nada, como hizo él? ¿Pueden pagar a sus hijos caprichos universitarios de 450 dólares mensuales? ¿Eh? ¿Pueden?

La mano se crispa sobre el libro.

Este libro nació de un texto de Borges, vuelve a leer.

¿Esto escribía Borges? ¿Entonces eso es lo que hacía el gran escritor nacional? El señor Machi se felicita por no haberlo leído nunca. Vuelve al libro para aumentar su irritación.

Así, pues, ¿qué es imposible pensar y de qué imposibilidad se trata?, lee.

Abre la ventanilla indignado, el señor Machi, y tira el libro de tapas anaranjadas al medio de la Panamericana. Mira todavía con regocijo cómo uno, dos, tres autos le pasan encima, antes de bajar del BM con la palabra vagos temblándole en la boca.

4

En sesenta minutos a más tardar va a llegar su auxilio, señor, gracias por llamar, le dice una voz amable pero impersonal desde el teléfono.

¿Sesenta minutos?, brama el señor Machi, *¿de qué estás hablando, pibe? ¿Vos sabés cuánto pago de seguro? Si tengo que esperar una hora lo doy de baja ya y la cambio yo mismo. ¿Cómo es tu nombre?*

Mi nombre es Fernando, señor. El auxilio tiene...

Tu nombre y apellido, pibe, y tu número de legajo, así hablo con López Lecube cuando dé de baja el seguro, interrumpe y amenaza el señor Machi. Se le nota en la voz que está acostumbrado a las dos cosas: a interrumpir y a amenazar.

Señor, entienda que..., intenta la voz amable e impersonal de Fernando.

Dale, pibe, no tengo todo el día, decime tu nombre completo...

Aguarde un segundo en línea, señor, por favor, y tras la voz de Fernando irrumpe una versión mecánica de *Para Elisa.* Diez segundos después la voz vuelve y le agradece por esperar en línea. Acaban de resolver unos inconvenientes, el auxilio estará ahí en no más de 20 minutos. Gracias por comunicarse con Carbajales Compañía de Seguros.

Ok, pibe. Veinte minutos, eh, advierte el señor Machi antes de cortar.

Entonces se acerca hasta la rueda pinchada para ver qué pasó. Sobresalen de la goma en llanta tres cla-

vos miguelito. Desprende uno y lo mira con detenimiento.

No veía esta mierda desde la huelga grande de los
tejedores en la fábrica, piensa.

¿Qué año fue aquello? ¿74, 75? Era el gobierno de
Isabel, en cualquier caso.

Esos comunistas de mierda nos tiraban los clavos
para que no pudiéramos salir, recuerda. Y el recuerdo lo pone en guardia. El animal de la paranoia se
despierta en el interior del señor Machi que mira a su
alrededor: si esos clavos están ahí, es porque alguien
los tiró. Y él, con un auto de 200 mil dólares, es un
blanco fácil.

En la guantera está la Glock .45 que le regaló su
amigo el Loco Wilkinson. El señor Machi la saca, confirma que esté cargada y sin seguro. Después sí, con la
Glock apuntando al piso y el animal de la paranoia
bien despierto, va hasta el baúl a buscar un cargador
de repuesto.

Y entonces comienza la historia.

II
Embalsamados

5

El animal de la paranoia que puso alerta al señor Machi le impide por unos instantes ver lo evidente.

No mira la cerradura al abrir el baúl ni mira adentro cuando va en busca del cargador de repuesto, sino que tantea a ciegas y, con la Glock apuntando al piso, recorre el perímetro con la vista: primero a los lados, después hacia atrás para cuidar las espaldas. Y es en ese momento cuando, antes de ver, siente algo pringoso y húmedo en la mano que tantea buscando el cargador. La saca rápido, como si lo hubiese picado una araña.

La mano —pringosa y húmeda— está, además, roja. Recién entonces el señor Machi vuelve los ojos hacia el interior del baúl.

Es un solo movimiento cerrar la tapa, dejar caer la Glock al piso y doblarse en una arcada que no llega al vómito. Tose el señor Machi y mira como a un objeto extraño la Glock.

¿Para qué puede querer una máquina como ésa si, sabe ahora, sería incapaz de disparar?

El señor Machi descubre que para hombres como él, el asesinato, como tantas otras cosas, es algo que se compra hecho. Así que limpia en el pantalón del traje su mano, aún pringosa y húmeda, se levanta y va a guardar la Glock nuevamente a la guantera con el corazón latiéndole desbocado. Se sienta un instante en la butaca del BM que, por alguna razón, no le parece ya tan suave.

No puede ser, piensa. Pero sabe que el rojo oscuro de su mano y lo que vio no dejan espacio para dudas.

Algo tengo que hacer, piensa. Vamos, Luisito, se dice, vamos. Se siente atontado y adormecido.

Abre la billetera y saca un papel y el registro de conducir. Peina dos rayas gordas sobre el tablero y se las toma, urgido. El golpe frío de la cocaína lo despierta.

Antes que nada, confirmar, decide. Vuelve hasta el baúl y lo abre.

Es como si el BM estuviera embarazado de un hombre de traje azul lleno de sangre. En posición fetal, como abrazado a sí mismo, el muerto ocupa casi todo el espacio.

La lucidez acelerada de la cocaína y el señor Machi deciden que lo primero es llamar a la compañía de seguros.

Carbajales Compañía de Seguros, muy buenos días, mi nombre es Patricia, ¿en qué puedo ayudarlo?, contesta otra voz amable e impersonal, esta vez femenina.

Quiero hablar con Fernando, ordena el señor Machi tratando de que su voz no tiemble.

Le ruego que aguarde un instante en línea mientras lo comunico, señor, dice la voz impersonal antes de dar paso a *Para Elisa*. Pasan veinte segundos que al señor Machi se le hacen interminables antes que Fernando se presente, le pida disculpas por la demora y le pregunte en qué puede ayudarlo.

No quiero el auxilio. Entendeme bien, pibe, quiero que suspendas el auxilio que pedí, vocifera el señor Machi.

Discúlpeme, señor, ¿me podría decir su número de patente, por favor?

VTN 431, dice el señor Machi y repite que no quiere el auxilio mecánico que le iban a mandar.

Fernando —que ahora sabe con quién habla y recuerda la conversación anterior y la mención del apellido López Lecube— pregunta si hubo algún inconveniente, informa que el auxilio está en camino y que, como pidió, dentro de los próximos quince minutos estará en el lugar para cambiarle la rueda.

No lo mandes, pibe. Ocupate de que no venga, ¿entendiste?, repite el señor Machi.

La voz de Fernando, ahora más temerosa y confundida que amable o impersonal, contesta que no hay ningún inconveniente, que anula el servicio, que gracias por llamar a.

Pero el señor Machi ya cortó.

Vuelve a mirar el cadáver de traje azul dentro de su baúl. Superando el asco que le produce tocar ese cuerpo sin vida, da vuelta la cabeza para ver si lo reconoce. Pero no puede ver el rostro. No hay tal cosa. Donde debía estar hay un destrozo de huesos, partes orgánicas, sangre y pólvora. El señor Machi siente que la arcada vuelve y trata de controlar su estómago. ¿A qué distancia estaban cuando le dispararon para hacerle eso en la cara?, se pregunta.

¿Cuánto llevará muerto?, se pregunta también.

Pero, sobre todo, se pregunta qué hace ese cadáver en su BM de 200 mil dólares. Y cómo carajo llegó hasta ahí.

6

Ahora tiene que resolver un problema de orden práctico: para deshacerse del cadáver necesita salir de la Panamericana, y para eso tiene que sacar la rueda de auxilio de ahí abajo, cueste lo que cueste.

Sabiendo que no va a ser la última vez que toque ese cuerpo endurecido y frío, replegado sobre sí mismo y con una masa sanguinolenta donde debía estar el rostro, el señor Machi lo empuja todo lo que puede hasta el fondo del baúl. Después empieza a forcejear con la rueda. Los anteojos de sol se caen y una de las patillas se astilla contra el suelo.

Carajo, piensa el señor Machi.

Los levanta y se los pone sobre la cabeza, como una vincha. Siente el peso de la mirada en cada uno de los coches que pasan a su lado. Sabe que después de la sonrisa resentida de los conductores de los Duna, los Quinientos Cuatro y los Diecinueve, por ver varado al costado del camino el auto que nunca van a poder tener, no van a dejar de compartir ese pequeño triunfo con sus esposas, y lo señalarán preguntando:

¿Con qué estará peleando tanto el tipo del coche negro?

Se burlarán, habrá risas.

Y, si tan difícil se le hace cambiar una rueda, ¿por qué no llama al auxilio para que lo haga?

¿No tendrá seguro?, dirán los más ingeniosos.

Y esas burlas, que en otro momento le hubiesen hecho hervir la sangre, no inquietan al señor Machi.

O sí, pero por otras razones. Su preocupación ahora es que está llamando la atención —sobre él, sobre sus esfuerzos desmedidos, sobre el BM en llanta— y que cada uno de esos pobres tipos que lo miran sonriendo es un testigo potencial.

Finalmente, pese a que uno de los brazos del cadáver está atorado en un costado, logra sacar la rueda, el críquet, la pistola sacatuercas.

Hace el cambio, tan rápido como puede.

Como si estuviera en los boxes de Fontanita, piensa.

Después pone el poderoso motor en marcha y sale disparado —un rayo negro de 200 mil dólares cruzando el asfalto de la Panamericana— dejando, al costado del camino, un tendal de pruebas que lo incriminan: la pistola sacatuercas, el críquet y la goma pinchada.

7

El señor Machi cierra los botones y levanta las solapas de su saco Scappino para tapar las manchas de sangre que cubren la camisa Armani blanca. No se mira en el espejo retrovisor. Si lo hiciera encontraría que envejeció diez años en los últimos quince minutos.

Acelera sin rumbo definido y hace un llamado.

Se comunicó con..., empieza el contestador de su jefe de seguridad.

¿Dónde está este imbécil cuando lo necesito?, se pregunta el señor Machi. ¿Desde cuándo se da el lujo de no atenderme el teléfono?

Se comunicó con el número de Robledo Pereyra...

¿O no le pago el doble de lo que ganaba? ¿O no lo tomé después del quilombo de Ciudadela? ¿O no fueron mis abogados los que lo sacaron del brete? ¿O no me costó guita conseguir los testigos? Pero no hubo problema porque eso es lo que hago: negocios. Negocios honestos, negocios turbios. Negocios.

Yo no me ocupo de muertos en baúles de autos, por dios, piensa y la irritación crece, para eso lo tengo a él y no me atiende.

Se comunicó con el número de Robledo Pereyra, deje el mensaje...

Además te tengo agarrado de las pelotas, Cloaca —piensa como si le hablara—, y los dos lo sabemos: ¿qué carajo hacés que no me contestás el teléfono?

Se comunicó con el número de Robledo Pereyra, deje el mensaje después de la señal.

Llameme, Cloaca. Es urgente, dice el mensaje que graba finalmente el señor Machi y en cuyas vibraciones se escucha más furor que miedo.

Pasa un minuto.

El señor Machi mira su Rolex de oro blanco.

Dos.

Vuelve al Rolex, instintivamente, golpea con la uña del dedo índice el cristal. Después toma la primera salida y baja de la Panamericana.

Mirá si a este imbécil le dio un infarto y estoy esperando el llamado de un muerto, piensa el señor Machi. El Loco Wilkinson murió así, un infarto traicionero mientras dormía.

Sonríe a la idea del cuerpo enorme e inerte del Cloaca Pereyra en una cama de sábanas blancas —los bigotes gruesos y encanecidos sobre la boca rígida, la barba que le trepa hasta la mitad de la mejilla, el cigarrillo que se va consumiendo en el cenicero, los ojos mirando la nada— mientras el celular suena y suena. Pero enseguida la idea de un cuerpo muerto le recuerda el de cara destrozada y traje azul que tiene en el baúl y la sonrisa se desvanece en una mueca de espanto. Sacude la cabeza como quien ahuyenta la idea.

No, no puede ser, ¿quién le dio permiso para morirse?, piensa y se debate entre la perplejidad y la indignación.

Pero, ¿por qué no me atiende, entonces, eh?

Hay una pausa en su razonamiento. Avanza por una avenida arbolada de casas bajas y en la primera calle de tierra dobla para buscar un descampado.

¿Y si me lo puso él?, la pregunta lo golpea como un puñetazo en el rostro llegando desde la oscuridad. En el tablero cerebral del señor Machi algunas piezas desordenadas parecen acomodarse.

¿Y si el muerto me lo puso él?, insiste, incrédulo todavía pero aterrado en el convencimiento creciente, ¿y si por eso no me contesta?

¿Quién otro puede llegar hasta el subsuelo de El Imperio cargando un cadáver, abrir el baúl del BM sin romper la cerradura, dejarlo e irse sin más? Sólo el Cloaca, que es el jefe directo del gorila de la cabeza afeitada que custodiaba el garaje. Un tipo peligroso, Pereyra, piensa el señor Machi. Y complejo. Nunca se sabe a qué atenerse con él: a veces parece un barrabrava, a veces un gentleman. Siempre es peligroso. Muy peligroso.

Este hijo de puta me quiere cagar para quedarse tranquilo por lo de Ciudadela, piensa. O el pendejo de Entre Ríos. O lo de don Rogelio. O por guita. Hijo de puta.

Entonces suena el celular: Pereyra.

El señor Machi no atiende.

Estoy solo, piensa.

III
Amaestrados

8

Cuando el señor Machi conoció a Robledo Pereyra, nadie le decía el Cloaca. Y nadie más que el señor Machi lo llama así, ni siquiera hoy. Quienes lo conocen de los años bravos de la dictadura le dicen el Zorro; quienes lo conocen de sus tiempos de boxeador, Manodura; los más íntimos y su familia lo llaman por el sobrenombre de su infancia, que él odia, Robi; sus mejores amigos le dicen simplemente Pereyra. Cloaca es el apodo con el que el señor Machi lo llama desde el primer día, una suerte de privilegio privado.

Los había presentado Alejandro Wilkinson un rato antes.

Necesitás un tipo como éste, Machi, le dijo cuando llegaron, *y él necesita que lo ayudes a salir de un quilombito en el que se metió. Un buen boga, una coartada razonable, ya sabés, yo estoy muy quemado para ser de ninguna ayuda, pero vos estás limpio. Y si hacés eso por él, te aseguro que va a ser de una lealtad blindada... Contale, Pereyra.*

Un tipo muy puteador, muy boca sucia, Pereyra.

Nunca dice callate, dice cerrá la concha o cosete el orto. No dice el tipo aquel, sino ese culeado hijo de puta. No dice linda mina, dice hermosa la puta abortera.

Aquella vez no fue la excepción.

Mientras explicaba, no dijo que tenía un problema, dijo que estaba *enterrado hasta la verga;* no habló de un muerto previa tortura, sino que dijo *lo hice cagar* al judío hijo de remil putas ese, pero primero le saqué la mierda un poco; no contó que todo fue parte de una venganza que esperaba hacía años, dijo que hace un pijazo de tiempo que tenía el guascazo en el ojo, no dijo que resultó que el muerto tenía un familiar trabajando en la Justicia y por eso la investigación estaba avanzando, sino que parece que el guacho de mierda tiene a alguien que caga más alto que mi culo y me tiene apuntado. No se quejó, por último, de que su jefe no lo estuviese cubriendo sino que escupió y trasca el miserable orto sucio del patrón se lavó la concha y me mandó a arreglarme por las mías.

No te hagás problema. Hablo con uno de mis abogados y enseguida te conseguimos tres o cuatro testigos de que estuviste acá. Y te ponés a laburar para mí, eh. ¿Cuánto decías que ganás?, le dijo el señor Machi, después de escucharlo explicar.

Pereyra dijo un número y agregó: me paga el miserable chupapija ese.

Sos una cloaca, Pereyra, dijo y se rio a carcajadas de su propia ocurrencia el señor Machi, vas a tener que mejorar el vocabulario, ¿eh?: ahora trabajás para mí. Te voy a pagar el doble, el doble, Cloaca, ¿está bien?, agregó, y el apodo fue como una confirmación de pertenencia, igual que la duplicación del sueldo. El señor Machi acababa de comprarse, como quien compra un perro, un matón.

Empezá a organizar la seguridad y después decime qué necesitás, le dijo estrechándole la mano. Fue la primera y última vez de aquel gesto de igualdad.

Y ahora dejanos solos, Cloaca, que quiero hablar acá con el amigo Wilkinson, dijo dando por terminado el tema.

Cómo no, señor Machi, contestó Pereyra que ya había entendido cuál era su lugar.

9

Por ejemplo, dijo Pereyra, *ese pendejo culorroto de la remera amarilla, ¿vos pensás que sabe quién es el bolche de mierda ese que tiene ahí dibujado?*

A Wilkinson lo divertían esos arranques de indignación de Pereyra. Después yo soy el loco, pensaba.

Porque ustedes por lo menos sabían —igual los hicimos cagar aceite, pero sabían—, pero estos pendejitos pelotudos..., siguió Pereyra, embalado.

¿Y qué vas a hacer, le vas a enseñar?, lo toreó Wilkinson sólo para divertirse.

Estaban en una parrilla al paso, al costado de la ruta 12, camino a Misiones, comiendo mollejas y tomando vino tinto. Mis últimos gestos populistas, se reía solo Alejandro Wilkinson, quien se jactaba de no tomar vino de menos de 200 dólares. Iban a buscar unas 4x4 mellizas que venían de Brasil y un paquete de pala que mandaba Romero.

Claro que sí, contestó Pereyra. Después se limpió la boca con el dorso de la mano y dirigiéndose a la mesa vecina: *vos, pendejo, vení...*

¿A mí?, preguntó extrañado el muchacho de la remera amarilla. No podía tener más de veinte años en la cara pecosa y los ojos asustados. En la remera amarilla, bajo la cara del Che Guevara, llevaba la leyenda *Es preferible morir de pie que vivir de rodillas.*

Sí, a vos, pelotudo, dijo Pereyra.

El muchacho de remera amarilla estaba sentado con dos amigos más. Tomaban cerveza y hablaban de unas chicas que habían conocido en el pueblo anterior. Viajaban en un Gol medio destartalado y tenían dos o tres mochilas en el suelo. Wilkinson sonreía, negaba con la cabeza y masticaba. Pensaba en lo exquisita que estaba la molleja y en lo divertido que resultaba viajar con Pereyra, quien acababa de sacar una .45 y apuntando a la altura de los ojos del Che Guevara, repetía: *vení, te dije.*

El muchacho, asustado, empezó a tartamudear la frase *por favor,* mientras sus amigos salían corriendo, volcando una de las botellas de cerveza que fue a romperse al piso de tierra, y el dueño de la parrilla pedía calma.

Vos cerrá la concha que con vos no es, ordenó Pereyra.

Y al muchacho de la remera amarilla:

Ahí parate.

Hubo un breve silencio en el que sólo se escuchó el ruido de los cubiertos de Alejandro Wilkinson.

¿Vos sabés quién es el puto ese que tenés en la remera?, preguntó Pereyra.

Por favor, señor...

Por favor qué, sorete, ¿sabés o no sabés?

No, no. No, digo, sí. Sí, sé: el Che... pero...

¿Y leíste lo que dice el trapo de mierda ese que tenés por remera?

Es... sí... eh...

Bueno, la concha puta de tu madre, te doy diez segundos para que elijas si morís de pie o vivís de rodillas: 10, 9, 8...

Pero señor...

7, 6...

Del tartamudeo del muchacho de remera amarilla brotó el llanto mientras Wilkinson, divertido, tragaba el último pedazo de molleja y se acercaba a pagar a la caja.

5, 4...

Pero... por... por fa... vor...

3, 2...

No, por favor, logró decir, antes de arrodillarse.

Ves lo que te digo, Alejandro, ves... Estos cagones culorroto no tienen idea. ¿Y dónde están los putos de los amigos, a ver? ¿Dónde?

Wilkinson asintió. Puso sobre el mostrador el dinero por las mollejas, el vino, las cervezas que habían dejado impagas el muchacho de la remera amarilla y sus amigos, y añadió un billete de 100, reluciente, a modo de propina.

Propina y silencio, aclaró.

Claro, señor, dijo el parrillero guardando el dinero en el bolsillo del delantal sucio y mal atado, *a sus órdenes.*

Parate, maricón, empujó Pereyra con el pie al pibe de la remera del Che que aún arrodillado sollozaba en el piso de tierra, *parate que ya elegiste...*

El pibe moqueó otro poco y, mientras un temblor le recorría el cuerpo, se fue poniendo de pie, lentamente. Cuando estuvo parado, todavía llorando intentó la palabra *señor* otra vez, pero Pereyra lo interrumpió.

Y elegiste vivir, pendejo puto, dijo antes de dispararle un tiro en cada rodilla.

Los disparos sobresaltaron incluso a Alejandro Wilkinson, que no los esperaba. Pensó, inquieto: creé un monstruo, lo único que le faltaba a este animal era el respaldo de un tipo como Machi. Ahora quién lo para, pensó. Pero no dejó que se le notara la inquietud.

Sos un zarpado, Pereyra, dijo cagándose de risa, *vamos, no vamos a llegar más a Misiones si no.*

Sí, vamos, coincidió Pereyra entre el humo del cigarrillo negro que acababa de prender.

Cómo chilla el pendejo, eh, comentó cuando subían al auto.

A unos pasos, en la tierra, bajo el muchacho de remera amarilla que gritaba enloquecido, el charco de sangre crecía y crecía.

Y crecía.

10

¿Qué querés acá?, dijo don Rogelio. Tenía un negocio de las mismas características que El Imperio, Doctor Tango, y estaba habiendo algunas, cómo decirlo, interferencias en cuanto a los clientes entre ambos.

Don Rogelio es muy de la vieja escuela, no oye, no entiende, no quiere escuchar, se había quejado como un adolescente pescado en falta, unas horas antes, el señor Machi, *no se puede hablar con él.*

Si no se puede hablar es mi trabajo, señor, dijo el Cloaca Pereyra.

No sé, es una institución el viejo, dudó el señor Machi, *y tiene algunos pesados, también, eh...*

Había socarronería y perplejidad en la sonrisa que se dibujó bajo el bigote espeso de Pereyra. ¿Unos pesados?, pensó, ¿con quién mierda cree que está hablando el boludo este?

Pero dijo: *Creo que puedo manejar eso, señor.*

Mirá que no quiero quilombo, Cloaca, quiero un acuerdo, algo que nos permita laburar a los dos, un trabajo limpio, apuntó el señor Machi.

¿Por qué no me chupás la botamanga del choto, puto?, pensó Pereyra, ¿Le querés fumar la zona al viejo culiado ese y sin que nadie se llene de mierda?

Pero en cambio repitió: *Un trabajo limpio, señor, voy a hablar, a dejarle saber cuáles son nuestras condiciones, nada más.*

¿Y su banda? ¿Necesitás a alguno de los muchachos?, preguntó el señor Machi aceptando tácitamente la intervención de Pereyra.

Sí, porque nací ayer yo, sorete, pensó el Cloaca. ¿Con quién mierda te creés que tratás? Además, ¿para qué voy a llevar ejército si querés que vaya a conversar como una vieja boluda?

Pero dijo: *No, señor, me arreglo solo. Si le parece, esta noche...*

Ok, pero tranquilo, Cloaca, eh, sin quilombo, advirtió por última vez el señor Machi, y se lamentó: *sería tanto más fácil arreglar con los hijos...*

¿Por qué no pedís lo que querés, cagón de mierda? ¿Ni para dar la orden te da la sangre?, pensó Pereyra mientras decía:

No se preocupe, señor, no se va a escuchar siquiera una puteada.

Así que esa noche fue hasta Doctor Tango y después de persuadir de manera poco amable a los matones que custodiaban la entrada de que se corrieran del medio y al tipo de la seguridad interna, un viejo conocido suyo, de que sólo quería hablar unos minutos con el jefe, entró a la oficina.

El último de los matones, parado al lado del viejo, sacó un .38 y apuntó a Pereyra, sin amenaza, como un hecho natural.

Entonces fue cuando don Rogelio le preguntó: *¿Qué querés acá?*

A mí hábleme de usted, don Rogelio, dijo el Cloaca, *y vos, pelotudo, bajá eso...*

El matón siguió imperturbable con el imaginario recorrido del .38 fijo en el pecho de Pereyra, esperando la orden que don Rogelio no dio. En cambio se acomodó en el sillón y volvió a preguntarle a Pereyra, esta vez tratándolo de usted, qué quería ahí.

Lo primero que quiero es que piense cuántas veces le apuntaron con un arma, contestó Pereyra. Se pasó la

44

lengua por el bigote tupido. Le encantaban estas puestas en escena, aunque extrañaba putear.

Siguió:

Ahora quiero que piense cuántas veces usted apuntó a alguien.

Hizo una breve pausa.

Después me gustaría que trate de imaginar cuántas veces este monigote que tiene ahí al lado, o cualquier otro como él que haya tenido antes, apuntó o fue apuntado.

Le dio unos segundos para calcular.

Por último, siguió, *quiero que piense cuántas veces lo hicieron sus amigos. Y los amigos de sus amigos. Y que multiplique todo por tres, don Rogelio.*

La voz de Pereyra era calma pero su mirada, de una violencia latente apenas contenida, prometía tempestades, como un volcán que está entrando en erupción. El pulso del matón empezó a titubear sobre el .38. Los tres se dieron cuenta de esto.

Quiero que piense que el resultado es muy menor al de los tipos más peligrosos que su monigote que me despaché estando en ayunas, dijo Pereyra.

El matón tuvo que ayudarse con la mano izquierda para mantener el .38 firme. Pereyra sonrió de nuevo, se acarició el bigote y la barba que le crecía hasta la mitad de las mejillas y completó:

Y hoy estoy muy bien comido, don Rogelio, así que le recomiendo que le diga al monigote que baje el arma, porque caso contrario alguien, que bien puede ser usted, va a terminar lastimado. Y de paso podemos charlar como gente civilizada.

Don Rogelio acompañó la sonrisa de Pereyra y con su mano izquierda bajó los brazos del matón que, aunque nunca lo reconocería, respiró aliviado.

Esperame afuera, le dijo.

¿Señor?, dudó el matón, temiendo que aquella escena hubiera terminado con su trabajo.

Afuera, repitió don Rogelio e invitó a Pereyra a sentarse.

No le molesta si fumo, ¿no?, supuso Pereyra.

Minutos después, cuando el humo del Parisienne no se había terminado de disipar en la habitación y el Cloaca se retiró de Doctor Tango saludando a los matones con un movimiento de cabeza, don Rogelio ya era una marioneta de cuello roto tirada sobre su escritorio.

Unas semanas después el señor Machi se reunió con los hijos. Fue mucho más fácil llegar a un acuerdo.

11

Ahora sí.

Te voy a contar una historia, por si pese a todo todavía no me reconociste. Puede ser por la barba. Pero no te preocupes, ya te vas a acordar cuando te vaya contando.

Fue en el 90 o el 91, no me acuerdo ya. Duró un rato, eh, todo el asunto no habrá tomado más de ocho, diez horas, poncle. A mí me sacaron a trompazos de la cama, en mi propia casa, acá nomás, a tres cuadras. Tres cuadras, mirá vos...

Pero volvamos a la historia. Decí que me agarraron dormido, los muy putos. Eran tres: dos judíos de mierda y una putita que, ay dios, estaba más buena que que te chupen la pija en ayunas. En fin, me metieron en un auto de mierda y lo siguiente que supe es que me tenían atado a una silla al lado de La Hiena Roldán y otro tipo al que nunca había visto.

Los resentidos de mierda ni nos hablaban, ¿podés creer? Ni nos hablaban, ni nos fajaban, ni nada.

No sé qué carajo quieren, pensaba yo.

Qué poronga de guerrita están peleando estos culiados, pensaba.

Porque algo era claro, si estábamos Roldán y yo atados a una silla uno al lado del otro es que los judíos y la putita y los demás —había cuatro más ahí, ¿te acordás ahora?— eran unos bolches resentidos de mierda que creían estar peleando alguna clase de guerra.

Lo cierto es que no nos hablaban, ni nos fajaban, ni nos daban la biaba. Nada.

No somos como ellos, debían pensar. ¡Se creían más que nosotros! ¡Más que yo se creían, los hijos de remil putas esos!

Y así estaba la cosa: ellos no decían nada, nosotros no decíamos nada. Bah, Roldán y yo no hablábamos, el otro conchudo chillaba como una virgen a la que le están rompiendo el orto con una pija de negro. Ofrecía guita, cualquier cagada.

Ya terminó aquello, rogaba el muy puto, *obedecíamos órdenes.*

Y los otros soretes, nada.

Tengo familia, lloraba.

Hasta que en un momento La Hiena le dijo: *Cállese, amigo, si no puede mantener su dignidad, por lo menos no ensucie la nuestra.* Y ahí mismo el cagón de mierda empezó a llorar, bajito. Pero cerró la concha, por lo menos.

Al rato la putita apareció con una cajita llena de cosas y tubitos y aparatos. Enchufó algunos. Hacían un ruido como de torno.

Yo pensé, me acuerdo, ahora empieza la biaba.

Me la va a dar una mina, la concha de la lora, pensé.

Pero no. De uno en uno, empezando por mí, la putita nos tatuó la cara. Eso. Un tatuaje. También pegaron unos cartelitos por la ciudad con no sé qué consigna pedorra. Y nos tatuaron, ¿entendés?

Propaganda, dijeron.

Un escrache, explicaron.

Alguna cagada de la condena social, dijeron.

Por dios, eso creían que era hacer política, los muy pelotudos, así pensaban que nos ganaban. Hay que reconocerlo: los hicimos mierda, los zurdos se quedaron sin brújula. O mejor: les metimos la brujula en el culo. Nos los cogimos de parado. Y ahora no saben qué hacer, ni contra quién.

El asunto es que a las horas, después de que los soretes mal cagados estos se fueron y avisaron dónde estábamos, nos vino a buscar la yuta y nos encontró así: atados a una silla pedorra, en una casa de mierda en Berazategui y con un lindo tatuaje en la jeta cada uno. Cagate de risa.

Entonces tuve que esperar unos días, guardado como si tuviera el culo sucio, hasta que esa bosta cicatrizara para poder hacerme la operación y sacármela. Entendeme, no es que no me gustara el trabajo que había hecho la putita, pero tampoco era cuestión de andar por la calle con la palabra Torturador escrita en la jeta. La gente es muy sorete: te mira, te señala.

Me salió cara como la concha de su madre la operación para sacármelo, casi dos lucas verdes. Con láser y qué sé yo cuánta paja más. Y dolió. No sabés lo que me dolió. Me dolió para la mierda. El posoperatorio fue como un grano en la garcha de tanto que me dolió, creeme.

Así que me prometí que iba a hacer cagar a al menos uno de esos roñosos hijos de mil putas. Y los busqué y los busqué y los busqué. Sin suerte. Les pregunté a todos los culorrotos que hacían documentos falsos o cosas así que conocía y nada. Se ve que estos forritos no sabían un carajo de política, pero sí de cuidarse el orto: no habían dejado ni un rastro.

Pero yo creo en Dios. ¿Vos creés en Dios, pibe? Nah, qué vas a creer... Pero, bué, yo creo. Dios me iba a ayudar, Dios no iba a dejar que unos zurdos hijos de puta, para colmo judíos, se me escaparan para siempre.

Y así pasaron los años. Y, cuando casi me había olvidado del asunto, mirá dónde te vengo a encontrar. Porque por mucho que niegues yo te reconozco, sorete. Y si no, sos tan parecido al otro pedazo de mierda que te cabe.

Torturador, me escribieron en la jeta, ¿te dije?

Se mandaron una pelotudez grande como la concha de la lora: me dejaron vivo. Así no se hace política, sorete mal cagado, ni se gana una guerra. Así no se hace nada. Por eso te até las patas a la camioneta y te llevé a la rastra treinta cuadras. Por eso te acabo de cagar a patadas. Para que aprendas.

No te molesta si fumo, ¿no?

Torturador, mirá vos...

¿Ves este cuchillo? Bueno, miralo bien, deciles chau a tus tripas y preparate.

Preparate porque esto va a doler.

Va a doler para la mierda, te lo prometo.

IV
Lechones

12

El teléfono vuelve a sonar otras dos veces y el señor Machi no atiende. En la confusión y el terror se pregunta qué clase de perversión estará tramando Pereyra, que lo llama ahora que él ya sabe. Se lo imagina acariciándose la barba, sonriente tras los bigotes tupidos y el cigarrillo negro.

Plata, debe ser plata, piensa el señor Machi, no puede ser otra cosa que plata. Aunque sabe que con Pereyra bien puede no ser ése el problema. Esto lo intranquiliza todavía más: si el asunto fuera dinero ya estaría resuelto, pero así.

Da vueltas y vueltas por ese barrio cualquiera del conurbano buscando alguna calle lo suficientemente desierta como para deshacerse del cadáver. Pero en todas las esquinas hay alguien: una vecina que barre y silba un valsecito, dos muchachos tomando la última cerveza de la noche aunque ya sea entrada la mañana, un repartidor de leche o de pan, tres o cuatro tipos arreglando una vereda, un viejo en camiseta sentado en un banquito escuchando la radio. Le parece ridícula e insultante esa normalidad al señor Machi, lo ofende y asombra esa gente simple gastando sus gestos rutinarios, serenos, apacibles en este barrio cualquiera de casas bajas en el conurbano bonaerense mientras él, que gasta dinero para tener esa paz, que tendría que estar llegando a su casa —a la serenidad, la seguridad y el confort que ofrece su casa en El Barrio, el country amurallado en el que vive—, está metido en una película de terror.

¿Por qué ellos están tan tranquilos y yo no?, se pregunta el señor Machi, ¿pueden pagar estos piojosos lo que yo pago para mantenerme a salvo y seguro? Niega con la cabeza, las manos atenazando el volante, como si de pronto odiara la suavidad del tapizado, la docilidad de la dirección hidráulica, la carrocería negra y perfecta. No lo sorprende que esto —el cadáver, el baúl, el misterio— haya sucedido, lo que lo asombra es que le haya sucedido a él.

Es evidente, de pronto, que todas las miradas siguen el paso del BM incluso más de lo acostumbrado.

Se pregunta por qué, el señor Machi, y tiene que esforzarse para reprimir la arcada cuando piensa en el baúl chorreando sangre. Pero el motivo de las miradas es más vulgar y menos peligroso para él, y es, simplemente, que de a poco ha dejado que el peso le ganara a su pie derecho sobre el acelerador y que el BM, que ya de por sí es una anomalía por esa zona, recorre las calles del suburbio a una velocidad muy superior a la que es habitual por ahí.

Tengo que salir de acá, piensa, ya llamé mucho la atención.

Toma una avenida hacia el oeste. Una treintena de cuadras después vuelve a mirar el velocímetro, para controlar, controlarse.

Velocidad crucero, piensa.

Pero algo más le llama la atención en el tablero. El cuentakilómetros está clavado en cero. Alguien lo adulteró. La palabra alguien rebota en el interior de su cerebro hasta provocar una fisura a través de la cual vuelve a gotear la duda.

¿Puede ser que alguien más, ya no Pereyra, se haya llevado el BM para meter el muerto en el baúl?, piensa el señor Machi y el pensamiento lo estremece, le hace recordar el rostro perdido entre la sangre, los huesos y los restos de pólvora, el cuerpo endurecido replegado sobre sí mismo, la rigidez dentro del traje azul.

No, no puede ser, piensa, yo no tengo enemigos, yo soy un hombre de negocios y los hombres de negocios tenemos rivales, competidores, empleados, socios, pero no enemigos.

Los enemigos son tipos como Pereyra, piensa.

Piensa, es el único al que me une alguna forma de crimen.

Además, ¿a quién carajo le puedo haber hecho tanto mal yo como para que me hagan esto?, se lamenta.

Soy un gran tipo, después de todo, decide.

Pero la fisura ya está abierta y la duda amenaza con transformarla en gotera.

Pereyra estuvo casi toda la noche al lado suyo, en El Imperio. Además, si quisiera hundirlo tiene maneras más expeditivas.

¿Quién tiene acceso al auto?, vuelve a preguntarse el señor Machi, ¿o quiénes?

¿Quiénes?, se encuentra diciendo el señor Machi en voz alta. Y sólo decir la palabra quiénes lo enfrenta a la posibilidad de que haya más de una persona implicada.

No, no, no, piensa, no puede ser, tiene que ser Pereyra porque.

Pero algo lo distrae. A menos de cincuenta metros dos oficiales de la Bonaerense, Itakas en mano, parados al lado de un patrullero, le hacen señas para que se detenga.

Lo que se detiene, por un instante, es su respiración.

13

Son tan grotescos jugando al Policía Bueno y el Policía Malo que parecen paródicos. Pero en sus nervios el señor Machi siente que se disuelve, que ya no es él sino otro cualquiera, otro al que no conoce.

El que hace de Bueno parece un poco más delgado, aunque no lo es.

Una persona de su nivel, dice, *no tendría que andar por esta zona.*

Dice: *puede ser peligroso.*

Estamos para cuidarlo, dice.

El otro —más bajo, gordo, bigotudo— es el más prototípico oficial de la Bonaerense que uno pueda imaginarse. No despega la Itaka de la cadera ni el dedo del gatillo.

¿Qué anda haciendo por acá?, pregunta, *¿se perdió?*

Pregunta: *¿o anda buscando algo?*

¿Tiene todos los papeles del auto en orden, no?, pregunta.

El señor Machi transpira la camisa Armani manchada de sangre bajo el saco y busca el portadocumentos.

Me sentí más tranquilo cuando los vi, explica, *no conozco la zona.*

Explica: *quería comprar un lechón y me perdí.*

Éstos son los papeles, explica.

El pulso del señor Machi parece una batidora. Le da a Malo el portadocumentos con los papeles del auto, los suyos propios, los de la Glock y el permiso para portar armas. También la tarjeta de un juez amigo y otra del ministro del Interior.

Facilítese al portador, el señor Luis Machi, todo lo que esté a su alcance, dice la tarjeta. Pero Malo no la mira. Se queda observando, en cambio, los papeles de la Glock.

Ah, mirá, le dice a su compañero, *tiene un arma también.*

Y al señor Machi: *¿la podemos ver?*

Cómo no, balbucea el señor Machi, sumiso.

Sumiso e incómodo en ese papel humillante que no suele interpretar. Se pregunta cuándo llegarán a la parte de la coima, pero el miedo le impide decir nada. Cuánto ganará el gordo hijo de puta este, se pregunta. Eso resolvería todo.

Bueno, una persona de su clase se tiene que cuidar, hay mucho delincuente suelto, comenta Bueno con una sonrisa de propaganda de dentífrico.

Bájese del auto, ordena Malo. Si tuvieran que usar su cara para una propaganda sería para una de antiácidos. Antes y después. Su cara sería el antes.

No creo que haga falta, Sánchez, concilia Bueno pero, aunque el señor Machi ya está bajando, Malo insiste:

Bájese del auto, por favor, y déjeme ver el arma.

Miran la Glock, la sopesan, comentan la calidad admirados.

Linda máquina, suspira Bueno, *lo felicito.*

No como estas mierdas que tenemos nosotros, dice entonces Sánchez, que abandona de a poco el papel de Malo cuando palmea el estuche que le cuelga del cinturón, sonríe por primera vez y le guiña un ojo.

Pensar que nosotros, que somos profesionales de la seguridad, nunca vamos a tener un fierro así, ¿no, Sosa?, agrega.

Es cierto, sí, concede Bueno, también conocido como Sosa, *¿puede creer, señor, que hasta las balas para practicar nos tenemos que pagar de nuestro bolsillo?*

El señor Machi no los escucha, contesta con el piloto automático puesto, deja que los años de coimas y sobornos diversos hablen por él mientras piensa que ya llamó mucho la atención por esa zona, que estos dos son testigos peligrosos y que tendría que alejarse un poco antes de sacarse de encima el muerto.

Es una barbaridad, dice.

El piloto automático del señor Machi está diciendo que es una barbaridad —que le gustaría ayudar en lo que esté a su alcance para paliar esta terrible situación, que si las fuerzas de seguridad están mal pagas qué podemos esperar los ciudadanos— cuando la voz de Sánchez lo interrumpe y lo trae de nuevo a la realidad.

Falta una bala acá, dice.

No hace mucho que fue disparada, explica enarcando las cejas bajo las que vuelve a asomar Malo.

El señor tiene permiso, interviene Sosa, más Bueno que nunca, *no tiene nada que explicar.*

Unos perros, alega el señor Machi sin saber muy bien por qué.

Los asusté, nomás, dice.

No sé dónde, creo que por allá, del otro lado de la autopista, intenta.

Sonríe Sosa.

Sonríe Sánchez.

El señor Machi entiende que llegó su momento. Deja de temblar, recupera su aplomo y también sonríe.

A ver, oficiales, dice.

Por eso cuando pone el BM en marcha —pese a que su billetera adelgazó varios billetes de cien y en la cintura del oficial Sánchez, al lado de la desvencijada pistola reglamentaria, se aprieta la Glock— el señor Machi vuelve a sentirse él mismo. Los dos oficiales lo saludan haciendo la venia, después de disculparse reiteradas veces y ponerse a sus órdenes para lo que necesite, pero el señor Machi, otra vez dueño de sí y de los otros, ni los escucha y arranca, urgido.

Tengo que terminar este asunto de una vez, se dice a los ojos en el espejo retrovisor.

Pero no va a ser tan fácil.

14

No pasaron ni diez minutos cuando encuentra el lugar perfecto: alejado, sin curiosos a la vista, un baldío de pastos crecidos al que nadie lo vio llegar. Sólo resta vencer el asco y sacar eso del baúl. Eso.

Eso, piensa el señor Machi. No deja que ni siquiera en sus circuitos mentales se dibuje la palabra muerto.

Eso.

Ya habrá tiempo después para averiguar quién fue el responsable, piensa, primero deshacerse de Eso e ir a casa a descansar.

Pero hay que abrir el baúl, cargarlo, tirarlo entre los pastizales. Y eso, aunque no lo nombre, será un cadáver sanguinolento con el rostro deshecho por un balazo.

Balazo, piensa el señor Machi.

Falta una bala acá, vuelve a oír la voz de Sánchez. El terror lo petrifica una vez más.

No es posible, piensa.

La voz de Sánchez resuena, clara como ginebra: *no hace mucho que fue disparada.*

No es posible, piensa, que además hayan usado mi propia arma.

¿Y por qué no?, las preguntas hilan los razonamientos tropezados del señor Machi y el ovillo que construyen amenaza con aplastarlo. ¿No se llevaron el auto, acaso? ¿La Glock no estaba siempre en la guantera?

La Glock que ahora está en la cintura de un oficial de la Policía, recuerda suponiendo que quizá eso sea algo bueno.

Cuando el muerto aparezca por ahí, ¿cómo va a probar el lechón ese que no lo mató él?, piensa y la idea lo divierte.

Basta.

Tiene que dejar de pensar y poner manos a la obra.

Abre la billetera y toma lo último que queda en el papel. La cocaína le da la frialdad que le estaba faltando, el coraje que nunca tuvo, y disipa un poco el cansancio que crece y crece.

El lugar es propicio, el momento también, piensa el señor Machi.

Ahora, se ordena y sale del BM. Con el mismo impulso abre el baúl y, tratando de no mirar, pasa un brazo por debajo del cuerpo y con la otra mano agarra la solapa del traje azul. En dos tirones logra que medio cuerpo salga. Siente sangre en las manos, lágrimas en los ojos y un sudor frío en la espalda. La arcada que viene reprimiendo desde temprano ataca de nuevo, pero logra controlarla.

Un poco más, Luisito, se da ánimos. Y vuelve a tirar.

El cuerpo no cede.

Otra vez.

Nada.

¿Qué carajo pasa, ahora?, se enoja el señor Machi.

Se debe haber trabado en algún lado, piensa.

Sabe que tiene que mirar, que para desenganchar lo que sea va a tener que dirigir su vista al cadáver sin rostro metido en ese traje azul y que entonces, por mucho que lo llame eso, eso se transformará en un hombre.

Un hombre muerto.

Un hombre muerto con la cara destrozada.

Un hombre muerto con la cara destrozada y lleno de sangre.

Un hombre muerto con la cara destrozada y lleno de sangre metido en el baúl de su auto.

Se sobrepone al vértigo, el señor Machi, y mira qué es lo que está trabando el cadáver. Y entonces sí, la arcada vence toda resistencia y el señor Machi cae en el pasto y vomita, vomita, vomita.

Cuando logra levantarse del suelo sacude su traje Scappino, manchado de sangre, de vómito, de tierra.

¿Qué más va a pasar?, se pregunta.

Basta, pide, basta.

La mano derecha del cadáver está sujeta al BM. El señor Machi conoce lo que estrangula la muñeca del muerto. Un juguete inofensivo, un pasatiempo de la imaginación, un pequeño chiche secreto.

Secreto, piensa, esto lo cambia todo. Significa, por ejemplo, que Pereyra no puede haberlo hecho solo, porque no sabía. Alguien más tiene que estar en el ajo. Un aliado. O una aliada.

Esto lo cambia todo, se repite.

Las preguntas le explotan dentro del pecho, tras el traje vomitado y la camisa ensangrentada. El señor Machi empuja el cadáver nuevamente dentro del baúl. Y lo cierra.

Secreto, piensa.

Las posibilidades se abren como un abanico y el aire que agitan es pestilente.

V
Sirenas

15

Es así, más tarde o más temprano te deja tirada. Lo suyo es el cambio permanente, no importa qué tanto le ofrezcas ni qué tanto le toleres, después de un tiempo: chau, pasaste a valores.

Pero bueno, duró lo que duró, qué sé yo. Y quien a hierro mata a hierro muere. O calavera no chilla, qué sé yo, algún refrán que sirva.

Digo, cuando yo decidí dejar de ser una con la que se echaba un polvito de vez en cuando en su oficina o en los vestuarios de El Imperio y pasar a ser La Amante sabía que tenía que desbarrancar a la Colorada y lo hice sin remordimientos, así que, qué sé yo...

El problema es la mandanga para mí, me acostumbré a tomar una bocha y de la buena con Machi y ahora estoy remanija...

En fin, con la Colorada el tema era difícil, ella no es como el resto de nosotras que tenemos gambas firmes, buen culo, pero somos todas destetadas; ella tiene un par de tetas que parecen melones y todo ese pelo vaporoso y una boca que parece, qué sé yo, Angelina Jolie. Y no tiene problema: le gusta que la fajen, la fiesta, qué sé yo, todo... a Machi lo tenía loco.

Y yo quería ese lugar. Digo, basta de que me arreglara con una buena cena y un par de pases. Quería cambiar el auto, mudarme, algo de eso, qué sé yo, picar alto.

Así que cuando salió lo del viaje a Mar del Plata ni lo dudé, me puse en la cabeza que ése era el momento. La Colorada, que no es ninguna boluda, se la vio venir, si después Machi me contó que ella le decía: *Vamos solos, para qué la vas a llevar, allá conseguimos alguna otra.* Pero yo le venía comiendo la cabeza con que me la quería comer a la Colorada para él, *¿sabés las cosquillas que le voy a hacer ahí abajo con este mechón de pelo violeta?*, le decía. Qué sé yo, todo eso.

Así que arrancamos para Mar del Plata y llegamos allá en tres horas. Ya en el camino yo le fui calentando la oreja y el ojo: le tocaba las tetas a la Colorada y me relamía, qué sé yo. Y cuando paramos para tomarnos unos pases cerca de Atalaya, aproveché que la Colorada fue al baño y me mandé al asiento de adelante y en cuanto arrancamos lo empecé a tocar mientras manejaba, qué sé yo, lo fui preparando.

Bueno, esa noche fuimos al casino y ganamos algo de guita. Llegamos reborrachos al hotel y Machi, además de toda la mandanga que había tomado, se mandó como dos viagras. Estaba en llamas. Bueno, se pegó una revolcada con la Colorada en la que casi no participé, un poco de toqueteo, qué sé yo, alguna chupadita, pero más que nada esperaba mi oportunidad. Y llegó.

Machi se fue a servir un whisky y yo la agarré a la Colorada de la cintura.

Vení, le dije, *ahora me toca a mí.*

Y cuando él volvió con el whisky ya estábamos las dos hechas un moño, haciéndonos un 69 terrible. Yo la jugaba de experimentada, aunque era la primera vez que estaba con una mina y al principio me dio un poquito de asco, pero bueno, qué sé yo, después es rico. El problema es que al rato quiero que me la pongan, ¿sabés?

La cosa es que así estuvimos como una hora, chupándonos y mandándonos dedos. Y Machi meta pajearse como un loco y tomar whisky. Y merca. Y a mí que se me hacía agua la nariz.

Hasta que en una dice *paren, paren, me parece que me está por dar un infarto, me duele el pecho y tengo el brazo medio dormido.*

Entonces vi la oportunidad que había estado esperando.

No, pajero, le dije con la voz más sensual que pude. Y fui gateando hasta mi cartera.

Es toda la merca y el viagra que tomaste, dije mientras sacaba las esposas de peluche rosa.

Y que hace una hora que estás meta pajearte mientras nos mirás, dije gateando ahora hacia él.

Pero ahora te voy a dejar un rato quietito, dije y lo esposé al respaldo de la silla, arrodillada entre sus piernas, con el mechón acariciándole la pija.

Además un infarto te hubiese dormido el brazo derecho, pajerito mío, dije antes de metérmela en la boca.

16

Al Patrón Casal le había salido un contrato para ir a dirigir en Perú. Después de una experiencia de más de dos años en su querido Central y un par de intentos domésticos en Vélez y Colón, el Deportivo Espejo aparecía como una inmejorable oportunidad de pelear por grandes cosas. Y la plata era buena, además, mucho mejor que lo que le ofrecían por volver a Central, la otra posibilidad que tenía.

Todos los que trabajábamos en El Imperio lo oímos ultimar los detalles. Eran cerca de las doce, ya estaban en la sobremesa de whiskys y cigarros, a la espera del postre de postres que había prometido el señor Machi, cuando sonó el celular del Patrón Casal.

Con permiso, dijo, *tengo un llamado que atender.*

Y todos oímos a los demás integrantes de la mesa *pirata* que había armado el señor Machi para celebrar, brindar entre risas.

Si pasamos a los cuartos quiero un premio especial para todo el plantel, dijo Casal, *y si ganamos la Libertadores medio palo más.*

Los peruanos del Deportivo Espejo, decididos a llevarse a un técnico de personalidad fuerte y mentalidad ganadora y con el respaldo de la plata que tenía que lavar la familia Montesinos, contestaron a todo que sí.

Está arreglado, dijo Casal cuando volvió a la mesa pirata —Carlitos Pairetti, el Bamba, Tito Mariani, Marcos Feldman, Alejandro Wilkinson— y todos los vimos brindar y felicitarlo palmeándole la espalda. Y escuchamos, pasada ya la medianoche, entre el humo de los cigarros y el tintineo de los vasos de whisky, al señor Machi decir lo contento que estaba por su primo.

Y repitió *mi primo* varias veces aunque todos sabíamos que en realidad era un primo segundo de Mirta, su mujer, y que al señor Machi, que es hombre del automovilismo, que puede repetir sin dudar todas las carreras de Fontanita o las anécdotas más importantes de *El Trueno Naranja* de Pairetti, el fútbol le importa un carajo. A lo sumo le interesa un poco el boxeo, en el que hizo algunos negocios menores.

Pero, claro, a El Imperio la presencia del Patrón o el Bamba le servía. Fútbol y tango. Tango y automovilismo. Poder y tango. Tango y putas. Por eso los invitados, los brindis reiterados, las interminables sobremesas.

Al rato se agrandó la mesa y pidieron champagne.

No te olvidés de mencionar en los medios que arreglaste el contrato desde acá, eh, primo, lo escuchamos decir al señor Machi.

Vos Bamba lo podés confirmar en TyC, agregó canchero Feldman.

Estaban por la tercera vuelta de champagne cuando escuchamos al señor Machi pedir un último brindis.

Por mi primo, qué digo, mi hermano del alma, Eugenio Casal, dijo. El Patrón, conmovido o borracho, lo abrazó.

No sabés lo contento que estoy, dijo el señor Machi, respondiendo al abrazo. Y debía ser cierto. Muy pronto, ese mismo sábado, todos en El Imperio lo supimos.

A las cuatro de la tarde el Patrón Casal viajó a Perú. No habían pasado ni tres horas cuando vimos llegar a Claudia, su esposa, una mujer hermosa de piel blanquísima, con el señor Machi y subir las escaleras a su oficina. Y si durante una hora fue posible no saber los alaridos de ella y los bufidos de él, después, cuando sonó el teléfono de la recepción, el chisme corrió como un reguero de pólvora. Lo atendió Eduardo, otro lastre familiar. Un pelotudo treintañero bueno para nada, sobrino por parte de su hermana, que el señor Machi tiene para todo servicio.

Mandame una botella de Luigi Bosca, rápido, ordenó el señor Machi.

Y quizá Eduardo, un pibe de los mandados de lujo que no puede mantener la boca cerrada, fue demasiado rápido.

Porque entonces supimos, no pudimos dejar de saber, que cuando la botella de vino llegó a la oficina, el señor Machi todavía tenía la camisa desabotonada en el pecho agitado, que la espalda de Claudia Casal —recostada boca abajo sobre el escritorio— brillaba con las gotas de sudor y que unas esposas de peluche rosadas sujetaban sus muñecas de piel blanquísima.

17

Ya le había dicho un montón de veces a su papá, al padrino Alejandro, al tío Carlos, que él no era como ellos.

El pelotudito cree en el amor, se burlaban entre risas los tres y Alan se sonrojaba y contestaba que no era eso, que ellos no entendían, que no importaba. Que nunca iban a entender.

Pero yo no soy como ustedes, repetía mordiéndose los labios por la bronca, *no necesito lo mismo que ustedes.*

Decí lo que quieras, le dijo Alejandro Wilkinson el día de Navidad, cuando faltaban apenas cuatro meses para que dejara sus catorce años, *pero está decidido, para tu próximo cumple te regalamos tres de las mejores putas de la Argentina.*

Yo hablo con Mariela, agregó Pairetti.

Y yo pago, ya sé, completó el señor Machi.

Y reían, los tres, cuando Alan repitió que no lo entendían.

Bueno, bueno, iremos a cenar, entonces, lo tranquilizaron.

Así que la noche anterior al cumpleaños de Alan pasaron a buscarlo por el gimnasio donde practicaba boxeo —*pega como una mula,* se enorgullecía el señor Machi— y le dijeron que tenían reservada una mesa en el restaurante del Fajina Hotel. Cena de hombres, dijeron. Y todo fue bien para Alan hasta los postres.

Quieren café, preguntó el señor Machi. Los tres —el cumpleañero, su padrino y el tío putativo— dijeron que sí. Hablaron un rato de boxeo.

Pero ya te expliqué, Alan, que la plata grande en el boxeo la hace el representante o el que levanta apuestas, dijo el padrino Alejandro, *si no preguntale a tu viejo.*

Rieron todos, incluso Alan que no entendía cuál era el chiste.

Y cuando terminaba la ronda de cafés y empezaba la de whiskys llegó la Hyundai Galloper amarilla de Mariela Báez, de la que bajaron, además de la vedette, otras tres chicas. El postre del postre. El regalo de cumpleaños. Lo prometido.

Qué grande que está este nene, Luis, por dios, saludó Mariela al señor Machi.

Hablemos de Mariela Báez. Sus quince minutos de fama habían durado una década, la del 90, entre su debut en un programa dominguero y grasa y la muerte de su novio. Apareció por primera vez en pantalla en el bloque *La Diosa de la Playa* del primer programa de Mariano Trossini, *Ritmo del Verano.* Aquella primera aparición prefiguraría toda la carrera de Mariela: culo, tetas, una boca enorme y gesto de trampa. Durante unos tres minutos y medio se la mostraba primero caminando por la playa con dos pareos blancos —en contraste con su pelo negrísimo—, uno atado en la cintura y otro a los pechos; luego con una tanga verde y los pechos desnudos, ocultos apenas por sus propias manos, entrando al mar, mientras Trossini y su coro de infradotados hacían comentarios como *tiene un gran futuro por delante,* remarcando las palabras *por delante* cuando las olas golpeaban los pechos grandes y turgentes de Mariela.

Después circuló por todos los programas de humor berreta que incluían minas más o menos en bolas y por unos cuantos teatros de revista. En el 97 se puso de novia con un cantante bailantero, Ramiro. Su carrera entonces tuvo un pequeño giro musical y hasta grabó un disco.

Ésta es la bamchaca, el ritmo del amor, cantaba Mariela, y movía las caderas.

Pero en junio de 2000 la camioneta en la que iba Ramiro, que estaba en el cenit de su carrera, volcó cuando volvía de un show y el cantante murió.

Fuc un golpe durísimo para Mariela. Se fue a hacer el luto a los Estados Unidos y, a su regreso, descubrió que su tiempo había pasado y que le era muy difícil conseguir trabajo en los medios. De a poco, entonces, empezó a representar a otras chicas: bailarinas, strippers, acompañantes.

Ahora, promediando su treintena, era una suerte de Madama del Show Business Local y la principal proveedora de gatitos de todos los precios de El Imperio.

Ellas te van a dar tu regalito, dijo acariciando la mejilla del adolescente, *arriba...*

No. Papá, decime que no..., empezó Alan.

Las tres chicas rieron. Los tres hombres también. Mariela volvió a acariciarlo y le preguntó si no le gustaban las chicas que le había conseguido. Como una diosa prostibularia, las había elegido a su imagen y semejanza. Eran versiones de ella misma quince años más jóvenes. Diferentes de la que había sido Mariela cuando apareció en el programa de Trossini apenas por el color de pelo: las mismas curvas, la mirada provocadora, las bocas enormes, el repetido gesto de trampa.

No es eso, intentó Alan.

No te preocupes, ellas no son el regalo, ellas te lo van a dar, nomás, lo tranquilizó su papá, *el regalo está acá*, dijo y le dio un paquete a una de las chicas.

Pero cuando Alan y las tres chicas iban a subir a la habitación el señor Machi se acercó a la que había recibido el paquete.

Quiero que me lo dejen sequito, eh, dijo y le guiñó un ojo, cómplice.

No te preocupes, le respondió la chica demorándose mientras el señor Machi le acariciaba la cola, *todo va a funcionar a pedir de... boca.*

Pero algo no funcionó del todo bien porque media hora después Alejandro Wilkinson, Carlitos Pairetti y el señor Machi vieron bajar a Alan de uno de los ascensores, solo. Vieron los ojos enrojecidos y los labios apretados. Lo vieron aún, perplejos, buscar con la mirada y encontrar finalmente. Dejaron sus vasos de coñac y sus cigarros Montecristo para verlo correr, abrazarse a otro jovencito —delgado y rubio— que lo esperaba cerca de la puerta y que, en el abrazo, le acariciaba la cabeza. Pudieron leer en los labios del chico delgado y rubio: no es nada, ya pasó, va a estar todo bien. Y segundos después, cuando el abrazo se deshizo como un nudo mal atado, los vieron caminar hacia ellos con las manos entrelazadas, escucharon el ruido sordo que hizo el peluche rosado de las esposas al caer sobre la mesa y a Alan que decía tené, papá, esto es tuyo.

18

Permiso, señor, dijo Gladis al entrar en el dormitorio con la bandeja del desayuno.

La señora se había ido una vez más a Santa Fe, a pasar un tiempo a la casa de sus padres, como cada vez que se peleaba con el señor; la niña Luciana vivía con su novio desde hacía varios meses; y el niño Alan, bueno, el chico había pasado la noche en lo de uno de sus amiguitos. Era ahora o nunca.

¿El señor necesita algo más?, preguntó esperando que se entendiera el doble mensaje, miró con intención y descaro las sábanas de seda que cubrían la desnudez del señor Machi y dejó la bandeja —café, tostadas, una jalea de frambuesa— sobre la mesa de luz.

Azúcar, dijo el señor Machi, *ponele el azúcar...*

¿Dos?, preguntó Gladis con una sonrisa de dientes perfectos y se agachó para poner una cucharada de azúcar por cada una de las cosas que el escote de su uniforme, la falta de corpiño y su posición sobre la mesa de luz dejaban a la vista, al alcance, del señor Machi.

Linda la paraguayita, pensó éste, regalona.

Buenas tetas, la petisa, buenas gambas.

Gladis se dio vuelta para retirarse y, como era de esperar, dejó que algo se le cayera para inclinarse a buscarlo.

Lindo culo, confirmó el señor Machi.

Vení, dijo, *no quiero desayunar solo, sentate acá,* y golpeó con la mano el colchón.

¿Acá, señor?, preguntó Gladis simulando turbación.

¿Acá?, volvió a preguntar pasando la mano por sobre las sábanas de seda, como al descuido, cerca de donde supuso el sexo del señor Machi.

Uy, perdón, se sonrojó y su sonrojo era más falso que una moneda de tres dólares.

Pero, ¿qué va a decir la señora?, agregó.

La señora no está, dijo el señor Machi relamiéndose, *y a mí no me gusta desayunar solo.*

No me gusta nada estar solo, ¿sabés?, dijo cuando Gladis, ya semidesnuda, se metía bajo las sábanas.

Era brava la paraguaya. Gritaba fuerte, mezclando castellano y guaraní, arañaba, mordía. Le gustó al señor Machi aquella petisa guerrera que se le había metido en la cama casi de prepo. Le gustó tanto que le dieron ganas de jugar a domarla.

Ponete acá, ordenó.

La tomó desde atrás. Su ritmo cardíaco se aceleró a medida que sus caderas golpeaban las nalgas oscuras y duras de Gladis, que —con la cara hundida en la almohada y las manos sujetas al respaldo de la cama por las esposas rosadas de peluche— gemía y se agitaba.

Escuchaba regodeado, el señor Machi, los gemidos y el golpe de sus caderas contra las nalgas; le retumbaba en la cabeza el bombeo furioso de su corazón como un avance de caballería. Quizá por eso no escuchó el auto llegar, ni el tintineo de las llaves, ni el taconeo inconfundible. Sólo escuchó —entre gemidos, golpes y latidos— el ruido que hizo la valija cuando cayó al suelo.

En mi propia cama, oyó después la voz de su esposa, que había regresado de Santa Fe, *hijo de puta.*

VI
Fabulosos

19

El aire pestilente que agita el abanico de dudas trae nombres conocidos, posibilidades impensadas. Descubre azorado el señor Machi que hay enemigos potenciales allí donde él no veía más que rivales, molestias, súbditos.

Igual algo no termina de cerrar. ¿Quién de esos posibles enemigos ocultos tiene la capacidad para planear y, más aún, para ejecutar, un plan como aquél: robarle el auto, alterar el cuentakilómetros, dispararle a un tipo en la cara con su propia Glock y luego atarlo en el baúl con unas esposas que él usa para sus caprichitos sexuales? Pereyra, además de no conocer la existencia de las esposas de peluche, nunca hubiera ideado algo tan complejo; le hubiera pegado un tiro a él y a otra cosa. Y los demás: quién tiene el poder, las ideas. Tienen que haber contado con la complicidad de alguien más.

Una vez más: quién.

Y cómo.

¿Será que compraron al gorila anónimo que custodia el garaje de El Imperio?

¿Se le puede haber pasado eso al Cloaca?

A menos, conjetura el señor Machi y cada puerta que abre lo lleva a nuevos estadios de confusión y espanto, que hayan sacado el BM cuando estaba en su casa. El Barrio tiene seguridad privada, claro, pero pueden haber comprado a alguno de los custodios. O puede haber sido alguien que no fuera sospechoso. Alguien cercano. Un familiar, por ejemplo.

Tiene que confirmar que las esposas no sean una casualidad o un descuido. El muerto está en el baúl de su auto, sí. Esto puede ser porque de alguna forma, digamos que el gorila está en el ajo, tuvieron la oportunidad de tomar el auto del estacionamiento de El Imperio. Que lo hayan matado con su arma no suma nada: puede ser que quien robó el BM —y alteró el cuentakilómetros, ¿habrán traído el muerto de muy lejos?— supiera que la Glock estaba en la guantera y por eso lo haya elegido. Quizá sólo sea una cuestión de posibilidades y el asunto no tenga nada que ver con él, piensa el señor Machi y se aferra a esa idea.

Pero si las esposas son las suyas...

No recuerda que estuvieran en el BM, cree haberlas dejado en el cajón del escritorio de su casa. Pero no puede fiarse de su memoria en este momento. Está nervioso, se siente acorralado, metido en un sueño u otra clase de fantasía. El olor de su propio vómito le confirma la realidad de lo que está pasando.

Dónde, se pregunta el señor Machi.

Quiénes, se pregunta.

Se pregunta cómo.

Y por qué.

Por último, el señor Machi, que es ante todo un hombre de negocios, no puede dejar de pensar, ¿qué esperan ganar poniéndole un muerto en el baúl?

Basta, piensa entonces y, como quien apaga un motor que está recalentando y puede explotar, deja las dudas y marca en la memoria del celular el número de su casa. Hace el llamado sin pensar más.

Hola, la voz de la mujer delata un par de vasos de whisky, algún alplax matutino, varios cigarrillos.

Mirta, dice el señor Machi, *necesito que busques en el cajón de...*

Pero la mujer interrumpe: *¿Dónde estás?*

Después te explico. Necesito que te fijes...

Te pregunté dónde estás, Luis, vuelve a interrumpir la mujer.

Ahora no, Mirta, esto es importante. Necesito..., insiste el señor Machi.

Me importa un carajo, Luis, vuelve a la carga la mujer, *me despertaste, me hiciste preparar el desayuno y me dijiste que venías para acá, ¿dónde estás?*

Tras la voz se escucha el chasquido del encendedor, una pitada breve y luego un silencio durante el cual frente a la cara de la mujer crece, seguramente, una cortina de humo azul.

Mirá, Mirta, estamos metidos en un quilombo...

Yo no estoy metida en ningún quilombo, dice la mujer.

Esto es serio, Mirta, no te llamaría si pudiera resolverlo de otra manera. Ahora callate y escuchame: necesito que vayas hasta mi escritorio y...

Pero la mujer adivina que por una vez ella tiene las riendas de la situación y no está dispuesta a darse por vencida así nomás.

Yo no estoy metida en ningún quilombo, repite y deja escuchar una pitada larga, nerviosa, *y si no me decís dónde estás, corto, Luis.*

No sé dónde carajo estoy, Mirta. Necesito que te fijes en..., casi grita el señor Machi justo antes de escuchar el click.

Click.

Cortó, piensa, esta hija de puta cortó.

Una vez que necesito que me escuche y me corta.

Una vez.

Hija de puta, piensa.

Se pregunta a quién puede llamar para averiguar si las esposas de peluche están en su casa. Eliminada Mirta de la lista, con Alan que hace meses que no le dirige la palabra, no tiene demasiadas opciones.

¿Y si lo llamo a Eduardo y le digo que vaya hasta casa?, se pregunta, aunque sabe que no lo va a hacer. Porque hasta que el boludo ese llegue hasta su casa desde el departamentito que él le alquila al lado de El Imperio va a pasar más de una hora y para entonces se tiene que haber deshecho de eso que tiene en el baúl, sean o no suyas las putas esposas.

Dónde, se pregunta el señor Machi.

Quiénes, se pregunta.

Se pregunta cómo.

Y por qué.

Nunca, ni una sola vez, entre el torrente de preguntas que se le amontonan en la cabeza, se le ocurre preguntarse quién es el muerto.

Basta, decide finalmente, después veré, ahora voy a comprar una sierra y terminar con esto. Y escupe en el piso.

20

Se da cuenta de que otra vez está recorriendo esas calles suburbanas iguales a sí mismas, llamando la atención, sembrando posibles testigos a su paso, pero no encuentra la forma de escapar de ese laberinto fantástico e interminable, esa espiral descendente en la que está metido desde que la goma del BM se pinchó y él fue hasta el baúl y vio. Si conociera la cinta de Moebius pensaría en ella.

Sabe que si compra la sierra por esa zona, aunque el baldío en el que acaba de vomitar sea perfecto, no puede volver ahí a dejar el cadáver. Tiene que comprar en un lugar y deshacerse de eso en otro, bien lejos.

¿Dónde?

El señor Machi, que no está acostumbrado a dudar, que no suele enfrentarse a preguntas, siente que el pozo en el que está cayendo no tiene fondo.

Da vueltas en redondo en esas calles sin nombre y sin referencia. ¿Cómo ubicarse si todas las casas, los árboles, las esquinas, hasta los perros que le ladran al pasar son idénticos? ¿Cómo encontrar una ferretería allí sin preguntar —no puede seguir dejando testigos a su paso— si además mientras maneja su atención no está puesta en el negocio que necesita encontrar, sino en entender cómo llegaron las cosas a este punto?

¿Puede ser que esté confundido y las esposas sí estuvieran en el auto, olvidadas después de algún encame pasajero? ¿Puede ser, existe la remota posibilidad de que sean unas iguales a las suyas y que estén atando al muerto sin rostro que tiene en el baúl de pura casualidad? Si el señor Machi la conociera, pensaría en la palabra probabilística.

Es rarísimo lo que me está pasando, piensa, y sería rarísimo pensar que son todas casualidades, claro. Pero más raro aún es que esto sea un complot en mi contra.

¿Por qué? ¿Y para qué?, insiste con las preguntas para ahuyentar al fantasma que le dice al oído que no hay cadena de casualidades ahí, que alguien puso eso en su baúl porque lo quiere cagar.

Un cartel de letras verdes —*Ferretería Garófalo Hermanos*— lo arranca de las preguntas como si fueran garrapatas. Rechinan las ruedas del BM con el frenazo. El señor Machi baja hecho un torbellino sin siquiera parar el motor o cerrar la puerta. Ya está llegando al negocio —ante la mirada atónita de la mujer mayor que atiende y que, tras el mostrador, parece parte del mobiliario de la ferretería— cuando vuelve sobre sus pasos, para el motor, cierra la puerta.

Lo que me falta es que me lo roben, piensa, que me lo roben de nuevo.

Ahora sí, frente al mostrador, saluda y pide una sierrita.

Tengo que cortar una cadena, dice.

La cadena de la bicicleta de mi hijo, se cree obligado a aclarar.

La mujer mayor se presenta. Dice que se llama Susana. Susana Garófalo, dice. Como el local. Que su hermano, el del cartel, duerme, dice. Pregunta si tiene allí la bicicleta o dónde. Quizá si ella viera la cadena le podría decir qué sierra le conviene.

Usted no es de por acá, ¿no?, recela. O eso le parece al señor Machi.

Mire, señora Garófalo, empieza a decir éste. Los anteojos Versace que no dejan ver su mirada lo hacen todavía más distante.

Susana, por favor, dice la mujer mayor que acaso alguna vez fue una mujer y no parte del mobiliario de una ferretería del conurbano.

Susana, concede el señor Machi, apurado por terminar la compra, por salir de ahí y tratando de que el apuro no se le note, *no es una cadena muy gruesa, pero sí bastante resistente, deme la mejor sierra que tenga... ¿Cuánto es?*

Se ve que para usted la plata no es problema, señor... ¿cómo me dijo?, tantea la mujer.

El señor Machi se debate entre la irritación y el terror. Gana la primera, arrastrada por la impaciencia.

No le dije, doña Susana, deme la sierra si es tan amable, que estoy apurado, dice sacando la billetera.

¿Doña?, dice la mujer mayor, *¿tan grande parezco?*

Después, ya completamente reubicada en su papel de comerciante, agrega:

Le decía lo de la plata porque vi su auto y supuse que quizá a alguien de su posición le interese un alicate cortacadenas Whave que tengo, que si bien no es barato, también...

Démelo, anula toda posibilidad de diálogo el señor Machi, antes de pagar y salir apurado con la caja —verde con letras blancas que forman la palabra Whave— bajo el brazo.

Donde sea que vaya a dejar el cadáver, decide, tiene que ser tan lejos de esta mina como sea posible.

Sube al BM, lo pone en marcha, sale disparado y desanda el camino a la Panamericana: un rayo negro vuelve a cruzar el asfalto sucio. Pasaron sólo cuarenta minutos.

21

Ahora retrocede el señor Machi y llega hasta el Acceso Oeste. Maneja y maneja sin pensar en nada, como en un dejarse ir. Como si mantenerse tras el volante —la suavidad de la butaca de cuero que él mismo eligió, el ronroneo sordo del motor y la docilidad de la dirección— hiciera que todo lo demás desapareciese y las cosas fueran de la forma en que debieran ser. Como si el andar de su automóvil de doscientos mil dólares creara un universo paralelo en el que no hubiera cadáveres con el rostro deshecho por un disparo.

Los carteles se suceden —*Ituzaingó, Padua, Merlo*— y el señor Machi maneja sin pensar, vacío por el momento de preocupaciones y temores. Pero el artificio es frágil y cualquier cosa puede romperlo. De hecho una nimiedad lo rompe. Algo le tiembla en el bolsillo del saco Scappino y el señor Machi tarda un momento en entender que es su celular que no suena, que tan sólo vibra una, dos, tres veces. Vuelven entonces a su cabeza los interrogantes —quiénes, cómo, por qué—, la incertidumbre y la desesperación por deshacerse de eso. Eso.

Paso del Rey.

Un par de minutos después el bolsillo del Scappino vuelve a vibrar.

Quién carajo jode ahora, piensa el señor Machi, pero no saca las manos del volante ni la vista del camino. De alguna manera sabe que no puede ser más que una mala noticia. Otra mala noticia.

Pero cuál, se pregunta.

Y por qué vibra en vez de sonar el celular, se pregunta también, tratando de escudarse ahora en las dudas banales como hasta hace unos instantes lo hacía en el andar suave del BM.

Moreno.

Otra vez. La vibración vuelve una, dos, tres veces.

La Reja.

Yo conozco por acá. Por esta zona estaba el gimnasio del viejo Heredia, recuerda el señor Machi, y un poco más adentro era la quinta del Coco Noriega.

El Coco Noriega, piensa, hace mucho que no lo veo. Ésa es una relación que hay que cultivar, que hay que fortalecer. Cuando salga de este despelote le mando un par de invitaciones para El Imperio para la semana que viene, decide. Esos contactos llegados de la política, uno o dos por administración, son uno de los mayores tesoros que acumulé en estos veintitantos de años, se ufana. Reconoce que tenía razón Alejandro Wilkinson en eso.

Necesitás amigos en la política, Luis, más ahora que antes todavía, le dijo en noviembre del 83 cuando, con la guita del seguro del bar, el señor Machi abrió La Claraboya, que casi enseguida pasó a llamarse El Imperio, *tipos como yo, como Almirón, como Romero, no vamos a servir más.*

Vos sos un amigo, se quejó el señor Machi y decía la verdad.

No es de eso que te hablo, contestó Wilkinson, *ya sé que somos amigos, que yo no soy una amistad de intereses. Pero los contactos en la pesada, incluso los milicos, no te sirven más; se vienen años y años de constitucionalismo. Entendeme, vas a necesitar aliados nuevos.*

Y así fue. Con paciencia de orfebre, a medida que pasaban los años, el señor Machi había hecho todo lo necesario para conseguir esos contactos. Incluso trabajó lo que Alejandro Wilkinson llamaba amistades de valor simbólico, como Rodolfo Schenkler. Cuando éste salió de la cárcel, tras cumplir condena por parricidio, para transformarse en abogado y apoderado del organismo de derechos humanos más prestigioso del país, el señor Machi se ocupó de que se hiciera asiduo invitado de El Imperio.

En fin, tipos así: diputados, ministros, secretarios, lobbistas.

Fue por medio de estos contactos que supo de antemano de algunas devaluaciones e hizo unos cuantos negocios menores en el ámbito de la salud en la temprana democracia, que compró barato y vendió caro al Estado durante los noventa; que pudo rescatar su dinero a días del corralito; así consiguió, aunque las salidas de emergencia y sistemas de seguridad en caso de un accidente de El Imperio no pueden pasar ni una inspección de rutina, seguir trabajando pese a las leyes y normas con las que están jodiendo desde que se prendieron fuego todos esos mocosos durante un recital de rock en Once.

Nada más que un llamado: el Coco Noriega, el ingeniero Drommo, un par de intendentes del conurbano, algunos Sushi Boys, Thaelman —quien además de ser el nuevo jefe de Gobierno, es dueño de El Desván, el boliche que está enfrente de El Imperio— y últimamente los dos Hernández más poderosos del país. Todos están en su agenda.

Las persistentes tres vibraciones del teléfono celular lo sacan de sus cavilaciones y le recuerdan que en esto no hay llamado posible y que está solo.

Baja de la autopista con una maniobra brusca. Cruza hacia la izquierda y sigue la curva de la calle, bordea la distribuidora de cerveza y después el cementerio. Pasa las vías y sigue un poco más. Después de la fábrica de jabones encuentra una calle de tierra y dobla. El celular vuelve a vibrar y el señor Machi, cansado, lo saca del bolsillo del saco y lo tira al asiento del acompañante. El celular golpea la caja verde con las letras que forman la palabra Whave escritas en blanco. Los dos objetos —cortacadena y teléfono— le refrescan la imagen del cadáver que hay esposado en el baúl de su auto. La urgencia por confirmar si las esposas de peluche rosado son o no las suyas regresa, indefectible como el mes de agosto.

Decide llamar a Marcos Feldman, que vive en El Barrio, a tan sólo unas cuantas casas de distancia de la suya, y pedirle que vaya a fijarse. De esa manera, además, se evitará hablar con su esposa y un montón de preguntas incordiosas.

Cómo no lo pensé antes, se recrimina el señor Machi. A Marcos no tengo que explicarle nada, supone, él va a creer que estoy en alguna pirateada.

Así que estaciona en la calle de tierra y levanta el celular que justo en ese momento vuelve a vibrar una, dos, tres veces. En la pantalla, que está en blanco, tiemblan unas líneas grises con cada vibración. El señor Machi aprieta el botón que debería llevarlo al menú y nada. La pantalla sigue en blanco.

Lo intenta de nuevo.

Nada.

Una vez más.

Nada.

Pulsa de modo frenético todos los botones con el mismo resultado.

Nada.

Ni siquiera puede apagarlo.

¿Qué más va a pasar?, cuestiona a las alturas dejando caer resignado la cabeza sobre el respaldo del asiento.

¿Puede ser que me hayan interceptado el teléfono?, se pregunta después, con la resignación dándole paso al miedo.

Por única respuesta el celular vuelve a vibrar. Una, dos, tres veces.

No, no puede ser, decide entonces y agita la cabeza ahuyentando la idea, debe ser una falla de la compañía o que lo golpeé recién cuando lo tiré contra la caja. ¿Con quién creo que me enfrento? ¿Con la KGB? ¿Con la CIA?

Si conociera las siglas MI6, el señor Machi pensaría en el Servicio Secreto inglés.

No, y vuelve a agitar la cabeza, no tengo enemigos tan poderosos, piensa quien hasta hace unas horas pensaba que no tenía enemigos en absoluto.

Lo urgente es resolver el tema de las esposas, se repite después. Si son las mías no alcanza con cortar la cadena, tengo que sacárselas de la muñeca. O prender fuego el cadáver. Por qué no.

Una vez más agita su cabeza rechazando una idea por excesiva. Eso no. Fuego, no. Se trata justo de lo que no necesita. El fuego, aunque más higiénico, es una pésima idea. Llamaría todavía más la atención. Mira la caja verde de letras blancas y putea.

Vieja de mierda, golpea la caja pensando en la ferretera, me vendió esta porquería y no sé si igual no voy a necesitar una sierra. O un serrucho, por si tengo que cortarle la muñeca al muerto.

Lo interrumpe una náusea profunda. La sola idea lo asquea, sacude la cabeza por cuarta vez en pocos minutos. Imagina sangre, el señor Machi, restos de carne y grasa y sangre. Un escalofrío le recorre la espalda como un ratón asustado y puede sentir la náusea entre el pecho y la garganta.

Antes de hacer nada necesito saber si las esposas son las mías, concluye controlando sus deseos de vomitar. Tengo que llamar a Marcos.

Entonces el celular vibra una, dos, tres veces, siempre con la pantalla en blanco, y el señor Machi se da cuenta de que sin celular no hay agenda y de que sin agenda sólo recuerda dos números: el de El Imperio y el de su casa.

Pone el BM en marcha para ir a buscar un teléfono público. En su mente se dibuja la imagen de su mujer sonriendo tras un vaso de whisky y un cigarrillo.

El señor Machi traga el odio sin saborearlo, como se traga un remedio.

22

Encuentra una estación de servicio enfrente de un locutorio y ubica el BM en el primer surtidor.

Llename el tanque que ya vengo, pibe, le dice al muchacho vestido de rojo que se acerca a atenderlo.

¿Quiere que le repasemos los vidrios?, pregunta el muchacho vestido de rojo.

¿Dije algo de los vidrios, yo?, replica el señor Machi, y sin dar tiempo a ninguna respuesta ordena, *llená el tanque y no toques más nada, que ya vuelvo.*

Sí, señor, disculpe, balbucea el muchacho vestido de rojo en un tono que el señor Machi escuchó muchas veces y cree de respeto, pero que es apenas de asco. Después cruza la calle.

Cabina dos, le dice la gordita que atiende el locutorio.

El señor Machi entra en la cabina en cuyo vidrio mal lavado está dibujado el dos y disca el número de su casa antes de escuchar la voz de su mujer.

Hola.

Mirta, soy yo, dice el señor Machi, *necesito que vayas...*

Ah, bueno... Vos sos un caradura, la mujer imposta la voz y tras la voz la risa, *¿dónde estás, se puede saber?*

En un locutorio en La Reja, cerca de Moreno, donde tenía la quinta el Coco Noriega, ¿te acordás? Cerca del gimnasio del viejo Heredia, dice el señor Machi y otra idea perturbadora, o mejor, el embrión de una idea perturbadora, empieza a gestarse en su cabeza.

Noriega, piensa, Heredia. Piensa en un muerto con un tiro en la cara, en otro muerto con un tiro en la cara. En una carta. En la voz apagada del viejo Heredia diciendo que aquello iba a su cuenta, que nunca se lo iba a perdonar. Pero no hay tiempo para eso ahora. Su mujer no esperaba una respuesta y la sorpresa la dejó sin palabras. Sabe que si la deja reaccionar ella va a preguntarle qué hace ahí, así que aprovecha el breve silencio.

Ahora, por favor, escuchame: necesito que vayas hasta mi escritorio y te fijes si en el cajón están las esposas de peluche, las rosadas, dice el señor Machi antes de que la mujer diga nada.

¿Vos estás loco, Luis? ¿Cómo me vas a pedir eso? ¿No es suficiente con...?, por primera vez el tono de la mujer no es fingido, por primera vez en los tres llamados que hubo en el día la indignación y la sorpresa son reales, *¿con quién te vas a encamar ahora, que las necesitás?*

Hay un silencio, que ninguno llena con palabras. Luego un sollozo de mujer.

¿Cuánto me podés ofender, Luis, cuánto?

Mirta, dice el señor Machi.

Me voy, Luis, me voy a la casa de mis viejos en Santa Fe y esta vez...

Ya sé, ya sé, Mirta: esta vez es para siempre, completa la frase el señor Machi fastidiado.

Después dice, mordiendo las palabras para no gritar, que se deje de pelotudeces, que los dos saben que ella no se va a ningún lado y que si lo hace va a volver en tres o cuatro días, que el asunto esta vez no tiene nada que ver con ninguna mina, que se olvide de la paraguaya puta esa y que lo escuche. Que está metido en un quilombo así de grande, que necesita que vaya hasta el escritorio y.

La mujer vuelve a sollozar. La tristeza se le derrama por dentro dándole una tranquilidad que no le dieron el whisky ni los calmantes. Se siente triste en un sentido romántico. Humillada, se siente, y encuentra en esa humillación que le queda algo de amor propio. Vuelve a hablar. La voz ahora es calma.

No, Luis, no, dice.

Si querés verme para despedirte más vale que estés acá en quince minutos, dice.

Después me voy, dice, *para siempre.*

Vas a encontrar tu desayuno en la cocina, dice.

No nos busques, hijo de puta, ni a mí ni a Alan, dice.

Y corta.

Carajo, piensa el señor Machi. Y corta también. Si conociera a Kurt Gödel pensaría en sus Teoremas de la Incompletitud.

Resuelve que lo mejor va a ser comprar un serrucho. Un serrucho de dientes pequeños.

VII
Perros sueltos

23

Al cadáver del Bulldog lo encontraron en una casita del barrio William C. Morris, nueve días después de su muerte.

No fue por el estruendo de la escopeta que llamaron a la policía, en William Morris nadie llama a la policía por tales minucias. Tampoco por el olor: un poco de olor o una rata no impresionan a nadie. En William Ce, como gustan llamarlo sus vecinos, nadie llama a la policía por casi nada, la verdad.

Pero pasada la semana, el hedor que salía de la casita no dejaba dudas y el noveno día el trajinar de las ratas se hizo excesivo, incluso para los vecinos de William Ce. Así que alguien abrió la puerta de madera de una patada y, entonces sí, hubo que llamar a la policía.

La escopeta de caño recortado, para que diera el largo del brazo, estaba tirada junto al cadáver. La tierra del piso había absorbido casi toda la sangre, dejando solamente una enorme mancha oscura que se asemejaba al mapa de Brasil.

Un poco por el trabajo de las ratas, bastante por el de la escopeta de caño recortado y sus municiones de .16, el rostro del Bulldog había desaparecido en un cráter de sangre y sesos y huesos astillados. Quedaban, para identificarlo, el tatuaje del hombro derecho y las cicatrices en la espalda, recuerdos de las palizas paternas de su niñez, cuando todavía se llamaba Huguito.

Sobre la mesa de la casita había una nota. Dicen los que la vieron que tenía restos de la cara del Bulldog.

Espero qeme diculpe don eredia, dicen que decía, *yo se quele faye, pero el coso ese pegava como una mula.*

Me qede cin piernas, adema, dicen que decía.

Yo ce que no me tendria que aver ido de putas alo del don machi la otra noche pero bio como es, dicen que decía la nota.

Dicen que terminaba diciendo: *uste me dijo clarito qe una oportunida como ésta se da una ves en la bida. La mia ya paso. Aci que me boi.*

Espero qeme diculpe don eredia, repetía.

24

Apoyó el codo en el suelo y sacudió la cabeza. Un sudor frío, metálico, le bajaba desde la nuca. Veía, más que nada, luces: luces rojas, amarillas, y unas delgadísimas rayitas azul-verdosas. Empezó a recorrer el lugar con la vista, que le hacía la broma de duplicarlo y borronearlo todo, tratando de encontrar alguna pista que ayudara.

Nada.

Los gestos desencajados y las cámaras se desdibujaban amenazantes, una morocha vestida de blanco parecía tener cuatro tetas, una cabeza calva se transformaba en dos.

Luces, luces, gritos, luces.

Finalmente, y no sin poco esfuerzo, logró enfocar un brazo que se balanceaba delante de él y un rostro.

Y los números: tres, cuatro, cinco.

Se paró intentando parecer seguro y casi lo logró pese a lo vidrioso de los ojos, a lo extraviado de la mirada.

Seis, siete.

Comenzó entonces, de a poco —primero un pie, después el otro—, a bailotear mientras procuraba recordar en qué round estaba.

Ocho.

El hombrecito calvo de camisa celeste terminó la cuenta de protección y, al tiempo que le sopesaba las manos enguantadas en los Corti de doce onzas, le preguntó si podía seguir.

Martínez mordió el protector, movió la cabeza afirmativamente y recordó: quinto round.

Avanzó como pudo y como pudo trató de mantenerse lejos de las cuerdas, cerca del centro del ring. Metió, incluso, un par de buenas manos antes de que el gong lo mandara a su rincón.

No pasó nada, pibe, si no nos desesperamos la ganamos igual, lo alentó su entrenador. Un tipo enorme de tupido pelo gris, dientes amarillos y una nariz que denunciaba un pasado de ganchos al hígado y nocauts.

Heredia, que así se llamaba, le puso vaselina sobre la ceja derecha y siguió: *Boxealo, mantenelo lejos con la zurda y sumá golpes buenos.*

Vamos a boxearlo, insistió retomando el plural, *que es lo mejor que tenemos y lo más flojo que tiene el coso ese.*

Después terminó de envaselinarlo, le volvió a poner el protector en la boca y repitió: *Vamos a boxearlo.* Pero mientras le hablaba al púgil buscaba un rostro en el ring-side.

Martínez asintió sin mirar a Heredia, prometiéndose para después de la pelea a la morocha del vestido blanco que ahora sostenía sobre su cabeza un cartel que decía seis. Las putitas de la noche anterior en el bar de don Luis no habían aplacado su deseo.

Campana.

El sexto round fue rápido y fácil, bastante como los primeros cuatro —bastante como tiene que ser, pensó Heredia desde el rincón—, con Martínez acertando los mejores golpes y el tucumano Santos buscándolo inútilmente.

Quizá todo haya sido un susto, pensó Heredia.

Mucho más tranquilo, casi como si la caída hubiese sido un mal chiste, recibió sonriente a Martínez mojándole la cara con un esponjazo. Le pidió que siguieran así, que lo mantuviera lejos con la izquierda y pegaran sólo cuando iban sobre seguro.

Así lo sacamos por puntos, dijo y volvió a mojarle la cara pensando menos en los rounds restantes que en la próxima pelea, las posibilidades de llegar al título y tener por primera vez un pupilo campeón.

La morocha salió con el cartel con el número siete y cuando pasó junto a Martínez le guiñó un ojo y le regaló una sonrisa capaz de incendiar el paraíso. El vestido tenía un tajo largo que dejaba asomar la pierna izquierda y el generoso escote mostraba, desvergonzado, el busto generoso. Estaba un poco demasiado maquillada y tenía una mirada acechante, ávida de una oportunidad que probablemente no llegaría.

El séptimo comenzó como una continuación del round anterior; Martínez ganó el centro del ring y mantuvo al tucumano Santos a distancia durante dos minutos y medio.

Hasta que marró un golpe.

Entonces Santos vio el hueco y fue una andanada de combinaciones homicidas: ganchos, rectos, cross. Heredia empezó a transpirar, nervioso.

Éste es un negocio sucio, se dijo, como si no lo supiera, como si hubiera llegado ayer al boxeo profesional. Le dije a Machi que me trajera un paquetito, pensó, que un par de peleas más y estamos para ir por el título, y me trae a este bestia —se interrumpió para gritarle a Martínez que salieran de ahí, que sacaran la zurda—, a este bestia que tiene una piña demoledora y que, o no le avisaron que todavía no es su hora. O le avisaron pero llegó acá, vio las luces, las tribunas repletas, las cámaras de televisión, todas las putitas y decidió hacerse el Rocky.

Campana.

Cuidémonos, no salgas a matar o morir que es el juego de él. Vamos a salir a boxearlo que lo sacamos por puntos, repitió Heredia.

Cuidate, carajo, rugió.

La morocha sacó a pasear el cartel con el número ocho y Martínez ni la miró.

Los dos peleadores llegaron al centro del ring sabiendo que ése sería el último round: Santos tenía claro que por puntos perdía y que era el más golpeado; el Bulldog que no podía aguantar tres rounds como el anterior. Heredia también supo, no necesitó más que verlos pararse a los dos, mirar cómo agitaban la cabeza antes de salir y la forma de cada uno de encarar el centro del ring, para saber.

Machi y la puta madre que te parió, pensó. Pensó: no te lo voy a perdonar nunca.

Hugo Martínez, a quien todo el mundo llamaba el Bulldog, avanzó tirando con todo lo que tenía: el alma, los puños, las ganas, el hambre. El hombrecito de la cabeza calva tuvo que advertirlo por un golpe bajo primero, después por un cabezazo.

Era curioso, parecía que de repente —nunca se habían visto antes de ese día, nunca volverían a verse después— hubieran empezado a odiarse, aunque esa enemistad fuera a disiparse ni bien terminara la pelea. No era deporte ya, era odio en estado puro.

Y en eso estaban, cruzando golpes tan feroces como desprovistos de técnica, cuando sonó el puñetazo seco, brutal, definitivo y las cámaras mostraron una y otra vez, desde distintos ángulos y a distintas velocidades, el cuerpo cayendo, vencido.

El hombrecito de la camisa celeste podría haber contado hasta cien, hasta doscientos, hasta mil. Hasta diez mil.

Pasarían cerca de quince minutos hasta que el caído, ya en su vestuario, recuperara el conocimiento en los brazos de su entrenador y supiera.

Mientras tanto, en el vestuario del ganador, el otro entrenador reía a carcajadas, tras una botella de cerveza, sudado, en medio de un grupo de amigotes. Mientras se escuchaba una voz que, por teléfono, combinaba la próxima pelea.

Sí, a Morales lo quiero... Te dije que no podía perder... En un mes más o menos... Sí, Coco, haceme caso, arreglá todo con el Loco Wilkinson... Bueno, bueno, te llamo el miércoles, decía el señor Machi —el dinero de las apuestas en el bolsillo— justo en el momento en que, bajo la ducha, el tucumano Santos se aferraba a la cabeza de la morocha, que tenía el vestido empapado y levantado por encima de la cintura, y le acababa en la boca.

VIII
Incluidos en esta clasificación

25

En un supermercadito atendido por una familia china el señor Machi encuentra el serrucho que necesita. Compra también una bolsa de carbón, una botellita de alcohol de quemar y una Coca-Cola grande. Cree que eso lo hace un cliente más normal —pese al saco cerrado hasta el cuello, el olor a vómito y las manchas de tierra— y por lo tanto menos recordable.

Una vez más recomienza la búsqueda del lugar propicio —oculto, aislado, poco transitado— donde deshacerse de eso y terminar con esta pesadilla. Maneja a la deriva el señor Machi, sin recordar siquiera por cuáles calles vino, perdido en la confusión, el temor y el cansancio, en la espiral descendente y sin fondo de su propia imposibilidad. Necesita un par de rayas de coca como casi ninguna otra cosa, de sólo pensarlo siente que le crece una lengua en la nariz y que esa lengua se relame.

Ok, ordenémonos, se dice. Vamos a hacer una lista de posibles responsables. Olvidémonos de cómo lo hicieron. Olvidémonos de para qué. Vamos a concentrarnos en quiénes quieren hacernos daño; piensa como si él fuera dos personas, como si el señor Machi le hablara a Luis, como si Luis pudiera, a esta altura, ser algo más que el señor Machi.

El Cloaca, piensa.

Es un sanguinario. Soy el único que podría dejarlo pegado con lo del pibe de Ciudadela, si llegan a reabrir la causa. Y está el asunto de don Rogelio, también. Además me lo recomendó Alejandro y después de su muerte —maldito sea el infarto que se lo llevó— quizá el Cloaca sienta que ya me puede traicionar sin miedo. Pero, claro, no sabe nada de las esposas de peluche.

Piensa entonces en su mujer.

Son muchos años de idas y venidas. Si alguien se la está cogiendo y le mete ideas en la cabeza, Mirta es capaz de cualquier cosa, sabe el señor Machi que la obligó a varias aberraciones de las que no se arrepiente. Es más, sonríe cuando piensa la frase *es capaz de cualquier cosa,* recordándolas.

El Patrón Casal, piensa.

Le cogí a la mujer y si el boludo de Eduardo se fue de boca lo supieron todos los muchachos. No creo que el Patrón se animara a una cosa así, duda por un instante el señor Machi, pero estuvo viviendo en Perú. O Colombia. O Venezuela, ni me acuerdo. Y ahí hay muchos de esos sicarios, se dice. Aunque no conoce muy bien el significado de la palabra sicario le gusta usarla, porque suena a algo peligrosísimo y de película de tiros.

¿Quién más?, piensa y dobla en otra calle de tierra.

Dice tres veces que no con la cabeza cuando el nombre de su hijo se instala en la lista. O el amiguito de su hijo. Vuelve a negar, pero sabe que puede ser. Claro que puede ser.

El ladrido de un perro callejero lo saca de sus cavilaciones. Frena de golpe. Frente a él, con unos pastizales crecidos y todo, una vieja casona abandonada le llama la atención.

Es acá, piensa.

La reja oxidada y rota rechina apenas cuando el señor Machi la abre para dar paso al BM. Ya adentro se saca el Scappino, las gafas Versace y el Rolex, se arremanga la Armani y vuelve a abrir el baúl.

Una vez más, piensa.

26

Hay que poner manos a la obra, sentencia ya en el fondo de la casa abandonada. Piensa en frases cada vez más cortas porque le da la sensación de que así le va a resultar más fácil mantener el asco bajo control.

Manos a la obra, reduce la frase.

Cortar, piensa, y separar.

Un trabajo mecánico.

Impersonal.

Limpio.

Como trabajar un trozo de madera.

Un mueble roto.

Un muñeco mal hecho y peor terminado.

A la obra, repite cercenando la oración una vez más, pero cuando toca el brazo endurecido todo su cuerpo se contrae en un estremecimiento que cruza la náusea con el escalofrío y ambos con el miedo.

Para poder realizar la faena necesito poner la mente en otro lado, sabe el señor Machi doblado sobre su estómago. Y vuelve al estilo telegráfico de pensamiento.

Elucubrar, piensa.

Imaginar hipótesis.

Tomar distancia de lo que estoy haciendo.

Evasión, piensa.

Trabajo manual versus trabajo intelectual.

Vuelve entonces a su lista de sospechosos potenciales mientras serrucha la muñeca, cerca del peluche rosado que se mancha de sangre y pedazos de carne y piel.

¿Alguna de las pibas?, se pregunta.

A nadie le gusta sentirse abandonado. Aunque ellas supieran cómo son las reglas del juego. ¿La Colorada? No, no. Más bien la otra, que quedó muy colgada con la frula.

Frula, repite el señor Machi en voz alta y se le hace agua la nariz.

O Gladis, retoma, que lo siguiente que supo después del polvo matutino interrumpido fue que la tuve que reemplazar por Herminia. Le pagué bien el despido, claro. Pero con los negros nunca se sabe. Resentidos, son.

El serrucho se traba en el hueso. El señor Machi está transpirando y el olor de su sudor más el del vómito parecen excitar a los mosquitos que salen en batallones de los pastizales atacándolo en la nuca, los brazos, la cara.

Puta madre que lo parió, dice el señor Machi justo al matar a uno que se transforma en una mancha de sangre y mugre entre la mano y su cuello. Y no sabe si putea al mosquito, al serrucho trabado, al cadáver o a sí mismo. Trata de desenganchar los dientes del serrucho del hueso astillado. Pedazos de tela y tendones le dificultan la operación.

¿Y los hijos de don Rogelio?

Es cierto que el tema de la muerte del viejo fue muy bien tapado —un médico pagado por el señor Machi dictaminó paro cardiorrespiratorio, los matones de Doctor Tango empezaron a trabajar para él— y nadie supo de la participación del Cloaca esa noche. Pero esa información pudo filtrar. Y está el asunto de la hipoteca, también.

Estoy paranoiqueando, piensa. No hay nada que los señale. Lo mismo que a Heredia. O Noriega. Que ande por acá cerca y me haya acordado de ellos no quiere decir mucho.

¿O sí?, duda en voz alta el señor Machi matando al milésimo mosquito de los millones que lo atacan como escuadrones de Sea Harriers.

El tema es no dejar de ver las pistas.

Señales, piensa.

Códigos cifrados.

Sentidos ocultos.

Nada es casual, dice una voz —la del miedo— dentro del señor Machi.

¿Por qué una goma pinchada?

¿Qué mensaje quieren darle con los clavos miguelito?

Y la interferencia del celular, ¿a qué hará referencia? ¿O con quién no quieren que se comunique?

¿Cuál es el juego?

Las preguntas se le amontonan. ¿Por qué hoy? ¿Tendrá algún significado la fecha?

El señor Machi se da cuenta de que no sabe qué día es y el cansancio le embota la memoria y los sentidos.

Señales, vuelve a pensar.

Señales, se repite y es como una revelación.

Se pone entonces a trabajar febrilmente, olvidado de los mosquitos que insisten en usarlo de almuerzo y del asco que manipular un cadáver le debiera producir. Tiene que revisarlo bien. No puede dejarlo hasta no asegurarse de que no haya otra pista, como las esposas, que pueda llegar a señalarlo, que se le haya pasado por alto.

27

El problema es que cada resolución que toma lo enfrenta a otra disyuntiva. Cada respuesta plantea preguntas inéditas. Ahora se debate entre revisar el cadáver allí, dentro del baúl, incómodo y apretado pero más seguro para la huida, o sacarlo, tenderlo entre los pastos y revisarlo en detalle —el cuerpo muerto estirado en el suelo pedregoso—, aun corriendo un riesgo un poco mayor. Decide privilegiar lo exhaustivo de la requisa, el señor Machi, así que se empeña en terminar lo que ha empezado.

Yo que nunca limpié un pescado o un pollo, piensa al mirar con extrañeza sus uñas, bajo las cuales se junta sangre y pequeños pedazos de carne fría. Finalmente lo logra, la mano se separa del brazo a la altura de la muñeca y —uno por un lado, otra por el otro— se desprenden de las esposas de peluche que quedan atadas, inútiles, a una bisagra del baúl.

El señor Machi abraza el cadáver como a un hermano y lo carga sobre su pecho. Siente el peso muerto, la rigidez de los músculos, el golpe de la cabeza con el rostro deshecho contra su hombro. Lo apoya en un claro entre los pastizales, a unos tres metros del BM. Después saca la mano y la deja apoyada a un lado, sobre una piedra gris.

Se toma un momento para respirar profundo, ver su obra y repeler el asco. Mira alrededor, también. Piensa que está en la cima del peligro, que si alguien llegara no tendría tiempo de nada. El miedo crece dentro del pecho del señor Machi y no deja casi lugar ni siquiera para el asco. Se aleja hasta la puerta oxidada y rota y se tranquiliza al confirmar que desde allí los pastos crecidos no dejan ver.

Vuelve junto al cadáver y comienza la búsqueda. El examen minucioso y ciego de un explorador que no sabe lo que espera encontrar. Revisa los bolsillos del traje, los pliegues, los dobladillos, extiende los dedos de la otra mano, la que sigue pegada al cuerpo, que estaba cerrada sobre sí misma. Revisa los zapatos: suelas, contrasuelas, plantillas. Terminada la inspección del traje y los zapatos se los saca. El cadáver queda vestido tan sólo con calzoncillos, medias y camisa. El señor Machi estudia ahora la ropa interior. El asco regresa al encontrarse con el sexo frío y marchito del hombre muerto. En uno de los bolsillos de la camisa encuentra una lapicera y hay un reverdecer del miedo: en el cuerpo de la lapicera, impreso en letras firuleteadas todavía se pueden ver el nombre y el logo de lo que fue el primer intento, el antecesor de El Imperio: La Claraboya Tango Bar.

El señor Machi se sienta en el suelo, junto al cadáver, tapado por los pastos, devorado por los mosquitos y tiembla. Mira al vacío y tiembla. Sin dejar de apretar la lapicera que parece inculparlo, aunque de una manera inasible y retorcida, tiembla. Llora, finalmente, apretando sus rodillas. Y tiembla.

Cuando recupera el control de su cuerpo, se seca un poco las lágrimas y guarda la lapicera que aún está apretada en su puño en el bolsillo de la Armani.

No puedo darme por vencido justo ahora, piensa. Mira sus manos, manchadas de sangre y tierra. Debe haber huellas mías por toda la pilcha del coso este, piensa. Desnuda al cadáver en lo que resta y junta toda la ropa en una pila. Dobla medias, calzones, ca-

114

misa, pantalón. Está doblando el saco azul pero algo en él le habla. Es como si la deslucida tela azul le dijera vos y yo tenemos algo pendiente. O algo así. Hay un mensaje acá, intuye más que sabe el señor Machi, pero ¿cuál?

Lo mira de nuevo.

Qué, se pregunta, qué.

Estira el saco en el suelo, junto al cadáver.

Qué.

Lo revisa una vez más y entonces lo obvio salta a su vista, lo primero que debía haber visto: la etiqueta del saco dice Machitex.

Esto no va a terminar nunca, piensa.

Suma entonces huellas de sus manos en la ropa más la etiqueta de la fábrica que fuera suya y el resultado vuelve a darle fuego.

Fuego, sí, piensa, pero no acá. Así que termina de doblar el saco, lo junta con la demás ropa, la guarda en el baúl del BM, como si fuese el cajón de una cómoda, y lo cierra.

28

Antes de irse levanta la mano de la piedra. La mira con curiosidad, con una suerte de distancia científica: mira la palma, los nudillos, intenta calcular la edad por las arrugas de los dedos. Por primera vez desde que lo encontró el señor Machi se pregunta sobre la identidad del muerto. Compara la mano con la suya propia.

Hasta ayer tenía un nombre esa cosa desnuda y helada. Un nombre al que respondía si alguien lo llamaba por la calle. Tendría preferencias. Una familia, amigos, recuerdos. Le gustaría cierta música, ciertos colores, cierta clase de mujeres. Alguien lo habrá querido. Alguien habrá deseado verlo así como está ahora. Se pregunta si se habrán conocido. Como sea, resume dejando la mano sobre el pecho frío e inerte entre los pastizales, eso está muerto y yo vivo, así que mejor me voy yendo de acá.

Con un poco de suerte no te encuentren pronto, piensa como si le hablara al cadáver. Tenés que empezar a echar olor y que justo pase alguien por acá. Alguien que no suponga que ese hedor es de algún animal muerto y sea lo bastante curioso como para entrar y fijarse. Pero lo más probable es que no te encuentren pronto. Eso con un poco de suerte. Con bastante suerte, antes de que eso pase, te coman los perros callejeros y no te encuentren nunca.

Como al entrar, la puerta oxidada y rota rechina cuando el señor Machi la abre. Después sube al BM y mira por la ventanilla por última vez. Confirma que los pastos tapan la escena. Todo, hasta la puerta entreabierta, parece normal.

Chau, che, dice en voz alta y deja pasar unos segundos a la espera de la respuesta imposible antes de poner primera y arrancar. Unos pocos minutos después el BM cruza el Acceso Oeste como un rayo negro que va dejando miradas de asombro y envidia a su paso.

El sol brilla —molesto, prepotente— y el señor Machi vuelve a ponerse las Versace. Siente que, pese a todo, las cosas empiezan a parecerse a la normalidad.

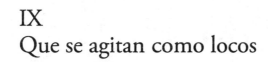

IX
Que se agitan como locos

29

Necesitamos unos nombres, Machi, ¿entiende?, había dicho Romero.

Si uno lo veía, flaquito, morocho, medio narigón, el pelo crespo y grasiento, no parecía un tipo tan peligroso. Pero el señor Machi, un joven señor Machi en 1974, sabía que sí, que era peligroso, que la distancia que mediaba entre aparecer en las páginas de su revista sindicado como enemigo del General y en una zanja con un tiro en la nuca era corta. Muy corta.

El mejor enemigo —le gustaba decir a Romero, escribirlo en *El Caudillo*— es el enemigo muerto.

La Patria lo compensará, Machi, agregó con el gesto severo en la cara delgada y angulosa, *sabemos que usted no es peronista y que hace poco que está a cargo de la fábrica, pero nunca tuvimos problemas con su padre, tampoco; además sabemos que ustedes no son bolches, ni judíos ni gente de la sinarquía internacional, ¿me entiende?*

Por otra parte, le había dicho días después el comisario Almirón por teléfono, como si las dos conversaciones no fueran más que una, *lo que es bueno para nosotros es bueno para su fabriquita, ¿o no sería bueno evitar otra huelga como la de diciembre? ¿Cuánto perdió, Machi, ahí? ¿No fue entonces lo del infarto de don Luis? Imagínese...*

Y aunque en realidad no había sido un infarto sino un ACV, el joven señor Machi sabía que era cierto, que la huelga de mierda de los tejedores había hecho explotar a su padre y que por eso se habían visto obligados al enroque. Él había tenido que abandonar la comodidad del bar —que ahora manejaba don Luis, su padre— y ponerse al frente de la fábrica.

Los nombres de los de su fábrica y los de las empresas de sus amigos, Machi, y cualquier otro nombre que conozca de su bar y la noche, ¿nos entendemos?, había dicho Romero, y algo en el tono sonaba levemente amenazador.

Se hace más plata si se produce más, la voz del comisario Almirón había completado la idea días después, *y se produce más cuando hay paz social, Machi, cuando los rojos no joden.*

No había dudas: el mejor enemigo era el enemigo muerto.

Así, un poco por comodidad y un poco por temor, el joven señor Machi garabateó unos nombres, seis o siete, en una hoja. Clasistas, se hacían llamar, un puñado de troskos del peeseté o el peerreté o vaya uno a saber qué siglas, más un par de tipos que se decían peronistas —peronistas de base, decían, aunque parecían rojos— que le venían haciendo la vida difícil. Unos rompepelotas que no eran como los capos del sindicato, con quienes era tan fácil arreglar cualquier problemita: un sobre bien cargado y a otra cosa.

Comunistas de mierda, Machi, ¿me entiende? agitadores, había dicho Romero —flaquito, morocho, narigón— sentado frente a él.

Piénselo bien, había completado por teléfono la voz sin rostro del comisario Almirón un par de días más tarde.

El joven señor Machi lo pensó bien. Y garabateó unos nombres en un papel. No fue más que eso: un papel, seis o siete nombres. En los días siguientes, a la salida de la fábrica, hubo ruidos, frenazos, portazos, algunos tiros. Pero, claro, nadie vio ni escuchó nada. Un par de lunes después la fábrica tuvo que poner un aviso en el diario pidiendo trabajadores. Y en las páginas de *El Caudillo* apareció la lista de los *ajusticiados*.

Cuando don Luis quiso saber, el joven señor Machi le dijo que se ocupara del bar. Y descubrió que ese poder le gustaba.

30

Y si los usás bien te los tienen que deber tres o cuatro veces, había dicho el Coco Noriega mucho antes de ofrecerle el negocio.

Son siempre una transacción comercial, había coincidido Alejandro Wilkinson.

Muy raras veces son desinteresados, solía decir su suegro.

Y no siempre se les hacen a amigos, opinaba su padre.

En distintos momentos el señor Machi los había escuchado a todos y había tomado nota de esas ideas. No era común que ellos coincidieran, por lo que había pensado mucho al respecto. Así que cuando a mediados de los ochenta entró como accionista al Sanatorio Artigas, un poco con dinero propio y otro poco como testaferro del Coco Noriega, por entonces ministro del Interior, decidió poner a prueba la compleja Teoría del Favor que había elaborado.

El cocinero Carlos Amante, uno de sus más leales empleados, tenía un hijo que estaba jodido. Una enfermedad muy complicada y difícil de atender. Lo primero que hizo el señor Machi al entrar en el negocio del Artigas fue decirle que podía ir al Sanatorio cuando quisiera y que con sólo dar su nombre lo atenderían sin cargo, dijo también que él conocía de la difícil situación que vivía con la enfermedad de su hijo y que El Imperio era una gran familia.

Ahora Carlos le debía un favor.

Lo segundo que hizo fue llamar al Artigas y dejar dicho que si Carlos Amante iba le dijeran que no estaba en ninguna lista, que lo lamentaban. Que lo dejaran insistir y que después de un rato lo llamaran.

Lo tercero que hizo fue esperar.

Tres meses después el hijo de Carlos Amante tuvo un ataque y éste corrió al Sanatorio Artigas. Allí, claro, le informaron que ese nombre no les decía nada, que lo lamentaban mucho pero que si no tenía un carnet de asociado no lo podían atender. El Carlos Amante hijo, entre tanto, temblaba y se agitaba como loco en la sala de espera, en brazos de su madre.

Hablen con el señor Machi, rogaba Carlos padre, *él me dijo, pregúntenle...*

Así que después de un rato una de las recepcionistas llamó al señor Machi que le dijo que por supuesto atendieran al joven Carlitos y que le pasaran con el padre.

No entiendo cómo puede haber pasado esto, Carlos, no te preocupes que ahora atienden a tu pibe y esas dos hijas de puta ya están despedidas, dijo.

Gracias, señor, gracias, balbuceó Carlos Amante.

Ahora le debía dos favores.

La intervención de los médicos fue rápida pero tardía y Carlitos hijo sufrió daños cerebrales bastante serios. Estuvo ocho días internado en el Sanatorio Artigas, con los mejores cuidados. Ocho días en los que Carlos fue dispensado de ir a trabajar.

Somos una familia, repitió el señor Machi la primera noche que lo fue a visitar, *cuando el pibe esté bien te reincorporarás*.

Ahora Carlos le debía tres favores.

Y cuando pasados los ocho días volvió a El Imperio, el señor Machi lo mandó a llamar a su oficina y le dijo cuánto lamentaba que los esfuerzos realizados no hubiesen alcanzado. Que tenían que agradecer que no hubiera sido una pérdida peor. Que había que mirar para adelante.

Dónde trabajaba tu pibe, preguntó.

En un call-center, contestó el padre, *pero ahora...*

Supongo que va a ser difícil que consiga trabajo ahora, ¿no?, completó el señor Machi.

Se me ocurrió, dijo, *que podríamos ponerlo acá, de asistente en la cocina, lavando platos o algo así.*

Le palmeó la espalda: *el sueldo no será mucho pero va a estar en familia.*

Carlos Amante agradeció llorando en silencio.

Ahora le debía cuatro.

Vamos hombre, no llores, pero acordate que favor con favor se paga, dijo el señor Machi y sonrió.

Era todo un selmei men y la Teoría funcionaba.

31

Una charla entre amigos, había dicho Chamorro.

Una vez ubicados en una de las mesas del segundo salón, Machi ordenó champagne y le preguntó, evitando rodeos innecesarios, cuál era el asunto.

Chamorro le explicó que su visita era una muestra más de buena voluntad, de la indisoluble amistad que los unía. Que había cierto malestar por un tema relacionado con los días libres y con uno de los mozos, Pablo, que ya no trabajaba en la casa. Que había llegado a sus oficinas el rumor de que el portero o el recepcionista habían estado agitando a los demás proponiendo alguna clase de desobediencia o, incluso, créase o no, una huelga u otra medida por el estilo.

Han pasado esos tiempos, señor Machi, dijo, *nosotros siempre nos hemos entendido de otra manera, siempre resolvimos estos temas hablando.*

Y deshaciéndonos de los indeseables, claro, completó la idea Chamorro antes de vaciar la copa de un solo trago.

El señor Machi asintió con una mueca. El champagne estaba bastante bueno pese a ser apenas un Chandon.

No hay que gastar pólvora en chimangos, pensó, no le voy a dar un champú bueno a este ladrillo.

¿Entonces?, preguntó.

Y, algunos de los muchachos están asustados; a *Carlos, por ejemplo, el cocinero que nos llamó, le preocupa su trabajo y el de su hijo, pero sobre todo le preocu-*

pa que un loquito venga a alterar el clima familiar de El Imperio, dijo Chamorro.

Nos gustaría saber qué es lo que pasó para aconsejar a nuestros muchachos y aplacar a los que puedan ser influenciados por los revoltosos, ¿sabe?, agregó en medio de un eructo sonoro y grave que le hizo temblar la papada.

El señor Machi le explicó: odiaba tener que contratar suplentes o franqueros, prefería que El Imperio trabajara con sus propios empleados. Sus propios empleados, la frase era cristalina. Es decir, si los empleados eran suyos, ¿por qué no iría a hacer lo que deseara con ellos?

Mis empleados, Chamorro, repitió.

Sabía, el señor Machi, que la amenaza de la desocupación se encargaba ahora del trabajo sucio que antes tipos como Almirón y Romero hacían para hombres como él: benditas fueran la oferta, la demanda y la economía de mercado. Así que casi no había sobresaltos. Las cosas funcionaban cada vez mejor y más baratas. O sea, doblemente bien. Había además un placer extra, un placer íntimo e inconfesable en doblegar voluntades. Pero eso no lo dijo.

Sólo aclaró: *mis empleados.*

Yo nunca me tomo un día libre, dijo, mientras, con un gesto, le pedía otra botella de champagne a uno de los mozos.

Y eso que soy el dueño, siguió su razonamiento, *entonces, si yo nunca me tomo un día libre y el negocio los necesita, ¿cómo éstos no van a venir?*

Hizo una pausa para ver si Chamorro asentía o si iba a jugar al representante de los intereses de los trabajadores. Confirmó: asentía.

Y Pablo sabía cómo son las cosas acá, aclaró después.

Yo vengo a laburar, ellos vienen a laburar, ¿tengo razón o no tengo razón?, preguntó, justo en el momento en que el mozo terminaba de llenar las copas con Chandon.

Los dos, el señor Machi y el mozo, cada cual a su modo, claro, estaban trabajando.

Por supuesto, por supuesto, no cabe ninguna duda, contestó Chamorro después de elogiar y agradecer la bebida.

Y le propuso una división de tareas: ellos se ocuparían de aquietar a los demás muchachos, el señor Machi del portero aquel.

Cómo no, aceptó, *de hecho podemos empezar ahora.*

¡Gustavo!, llamó el señor Machi, *llenale la copa acá al amigo Chamorro y mandame a buscar al de la puerta y a Carlos.*

Señor, dijeron unos minutos después los dos convocados, casi al unísono.

Vos, le dijo a uno, *estás despedido, andá a cambiarte y pasá la semana que viene a buscar el cheque.*

Y vos, tenés un aumento, ahora volvé a la cocina, al otro.

Como quiera, dijo uno. Y se fue.

El otro, el cocinero Carlos Amante, sólo atinó a decir *muchas gracias, señor, una vez más* y sonreírle a Chamorro, que trataba de ocultar su perplejidad.

Ocupate de que el amigo acá esté bien atendido, le dijo el señor Machi al mozo llamado Gustavo.

Y después, dirigiéndose a Chamorro: *ahora si me disculpás, tengo mucho que hacer...*

Claro, claro, contestó Chamorro, y estiró la mano. El señor Machi pretendió no verla y se retiró a su oficina. Escuchó todavía con desagrado cómo —sentado a la misma mesa a la que él invitaba a diputados y embajadores, deportistas de primera línea y ministros, a los que convidaba con bebida, comida y las chicas que llevaba Mariela Báez— Chamorro, un oscuro dirigente del gremio gastronómico que le había servido de alcahuete, pedía otra botella *del espumante este y unos sánguches de miga*.

Vos, vení, le dijo el señor Machi a una de las recepcionistas.

Sí, señor, dijo ella también. Como todos.

El señor Machi confirmó, treinta años después, que ese poder le gustaba.

X
Innumerables

32

Se siente aliviado, el señor Machi. Sostiene el volante con las piernas mientras abre la botella de Coca-Cola que compró en el almacén de la familia china y le da un trago. El sabor es dulce y pegajoso y la bebida está caliente, pero es tanta la sed que le arde en la garganta, que la bebe como si fuera agua fresca y clara. Toma otro trago y las burbujas de la gaseosa acaramelada, pringosa y tibia, lo hacen eructar. Deja la botella y eructa con estruendo el señor Machi y se siente aún más aliviado. Una especie de tranquilidad lo invade y, por primera vez desde que sintió el tirón del BM por la goma pinchada, respira con calma y sonríe sin miedo.

Busca en el bolsillo de la camisa Armani, sucia de sangre y tierra y vómito y pedazos del cadáver, la lapicera. La *C* y la segunda *L* están casi borradas pero todavía, con un poco de esfuerzo, puede leerse La Claraboya Tango Bar.

A medida que se aleja de la casa abandonada, de los pastos crecidos, de la puerta oxidada, rota y rechinante, mientras el BM avanza como un rayo negro que deja miradas de asombro y envidia a su paso, el señor Machi ve alejarse también el temor, la sensación de fin del mundo, el vértigo. Tira la lapicera por la ventanilla y mira por el espejo retrovisor cómo un camión la pisa, haciéndola saltar, rota en decenas de partes. Le parece mentira haber temblado cuando la encontró, al verla ahora —por el espejo retrovisor— transformada en un montón de pedacitos que de lejos parecen moscas. Moscas enloquecidas. Que pueden ser un poco molestas, pero que no asustan a nadie.

Ríe con ganas el señor Machi. Prende el estéreo. En los parlantes explota una canción de Cacho Castaña que ronca que al final la vida sigue igual.

33

Ahora la ropa, piensa el señor Machi, con una tranquilidad inédita en este día extraño. Por momentos no puede creer que todo aquello haya sucedido. Y en tan poco tiempo.

¿Cuánto hace de la muchacha de la melena rubia arrodillada entre sus piernas? Con un poco de esfuerzo todavía puede sentir los labios apretando su sexo, el sabor del tabaco, el de la cocaína purísima. Mira el Rolex para confirmar en qué poco tiempo su vida se dio vuelta como un guante. Y lo poco que le tomó enderezarla de nuevo. Está cansado, supone que demacrado, pero lo invade algo parecido a la felicidad.

Sólo necesito una ducha para volver a sentirme yo mismo, piensa.

Un pase, piensa, un cigarro.

Piensa: un poco de ropa limpia. Un traje Brioni negro, una corbata Marinelli roja de su colección. Exclusiva la ropa limpia en la que piensa el señor Machi, como los demás objetos. Exclusivos, caros.

Instrumentos de ratificación de una realidad que sólo se puede elegir a través de esos objetos, decía Alejandro Wilkinson.

Un tabaco, entonces, es un Cohiba, un Montecristo. Un encendedor, Dupont. Reloj es Rolex; lapicera, Montblanc; zapatos, Upper and Linning; un traje o una camisa son Brioni, Armani, Versace o Scappino. Las corbatas: seda italiana, preferentemente Marinelli.

Whisky, Chivas. Un auto, por supuesto, puede ser un BM, un Mercedes, incluso un Audi. Ya llegará el día del Rolls o el Bentley, piensa.

Ésas son jactancias de nuevo rico, suele decir todavía despectivamente su suegro, el padre de Mirta.

Claro, piensa siempre el señor Machi, es fácil para vos: hijo, nieto, bisnieto de una familia patricia, nacido en cuna de oro, dueño de media Santa Fe.

Los objetos reafirman lo individual y también el marco social, repetía Alejandro Wilkinson.

Son ostentosos, guarangos y no tienen clase, los nuevos ricos como su amigo, suele sermonearlo el padre de Mirta, *por eso no compran cosas sino símbolos, creen comprar así la pertenencia.*

Usted tendría que aprender a vivir, m'hijo, ahora que es parte de la familia, le decía las primeras veces.

Tragaba saliva y bronca, el señor Machi.

Nuevo rico, pensaba. Y no era lo peyorativo de la definición lo que lo irritaba sino lo condescendiente del tono.

Self made man, Machi, le decía Alejandro Wilkinson, *aprendétela, eso somos nosotros: self made men.*

Nuevos ricos, tipos que nos hicimos a nosotros mismos, se repite el señor Machi. Piensa que esta noche va a empilchar con el traje Brioni que compró el otro invierno en Nápoles, la camisa Versace lila y la corbata de seda roja que le regaló Thaelman para fin de año.

Pero primero terminar con este asunto, Luisito, le dice a su rostro en el espejo retrovisor, demacrado pero en el que brilla algo parecido a la felicidad.

Hace una lista mental.

Después de llegar a su casa y cambiarse la ropa tiene que arreglar las cosas con Mirta.

La rompepelotas de Mirta, piensa.

Le voy a tener que prometer algo, especula, crucero por el mundo, un yatecito, algo grande.

Lo siguiente es llamar al Cloaca, piensa —recuperando repentinamente la confianza en su jefe de seguridad—, para que averigüe cómo es que se llevaron el BM o entraron el muerto. Y que se encargue de los responsables.

Una cosa así no nos puede pasar.

Pero si el Cloaca hubiera querido hacerme algo yo hubiera aparecido en el baúl de alguien más y no al revés, supone. Y no va a morder la mano que le da de comer. Si soy lo único que tiene. Cómo pude haber creído que él, se pregunta, cómo pude haber dudado.

Pero la duda no lo abandona. Y es que una vez que la duda se instala no es tan fácil desalojarla.

El señor Machi decide que lo mejor va a ser, en cualquier caso, que en las próximas semanas busque a alguien que se haga cargo del Cloaca, también, que acumuló mucho poder en sus manos ensangrentadas.

Vuelve a abrir la botella de Coca-Cola y toma otro trago tibio.

Demasiado poder, piensa.

34

Tres bajadas antes de la que lo llevará a su casa hace un último alto. Para en un kiosco bastante precario armado en una ventana. Lo atiende una nena que no puede tener más de once años. Una mocosa de brazos delgados y largos. Tiene en los ojos algunas lagañas, el pelo ceniciento un poco sucio y un vestido con flores sobre el cuerpo en el que empiezan a asomar unas tetitas diminutas. Se pone en puntas de pie, la nena, para llegar hasta el mostradorcito tras la ventana que hace las veces de kiosco.

Qué va a llevar, señor, pregunta.

Una caja de fósforos y un Mantecol, responde el señor Machi.

¿Grande o chico?, pregunta la mocosa, achinando los ojos lagañosos en lo que parece ser una sonrisa de complicidad o burla.

¿El Mantecol o los fósforos?, repregunta el señor Machi.

La mocosa lo mira casi de igual a igual, con un atrevimiento fresco. Ahora la sonrisa es indudablemente burlona.

Lo que usted prefiera, dice, *yo estoy acá para atenderlo.*

El Mantecol grande, nena, los fósforos chico, ladra el señor Machi, algo ofuscado.

Pendeja de mierda, piensa.

Pendeja maleducada.

Ah, bueno, dice la nena y se estira para buscar en un estante sobre la ventana. Se para sobre un cajón de gaseosas para llegar. El dibujo de las tetitas bajo el vestido floreado queda justo enmarcado en la ventana, por un instante, mientras la nena se estira y busca. Después baja, apoya los fósforos y el Mantecol en el mostrador y pregunta si necesita algo más.

Sin saber muy bien por qué al señor de pronto le recuerda a Luciana. No es parecida y está sucia, pero algo en la desfachatez de la chica le hace acordar a su propia hija a los diez, once años. Piensa que esas tetitas incipientes son el primer paso para que, como Luciana, en unos años se esté yendo a vivir con un pelotudo de barba. Lo indigna el recuerdo de su hija, del impresentable del novio, de la carrera estúpida y sin futuro que insiste en estudiar. Recuerda que esa noche va a ir a El Imperio a buscar el libro de mierda ese, al que a esta altura deben de haberle pasado por arriba cientos de Duna, Quinientos Cuatro y Diecinueve. Piensa otras cosas, no puede ni contabilizar todo lo que piensa en apenas un instante.

¿Algo más?, vuelve a preguntar la mocosa, restregándose las lagañas.

El señor Machi busca enojarla, ofenderla un poco. Horrorizarla. Asustarla. Algo. Se le endurece la voz, igual que las facciones.

Una caja de forros, dame, dice.

¿De cuáles?, pregunta la nena volviendo a sonreír, *tenemos lubricados, con tachas, extradelgados...*

Cualquiera, nena, dame cualquiera, la interrumpe el señor Machi que ve una vez más a Luciana a los diez, once años. Después agarra todo, paga y, sin esperar el vuelto, se va.

Regresa hasta el BM, saca la botellita de alcohol de una de las bolsas del mercado de la familia china, pone ahí toda la ropa del muerto y se aleja caminando. Se aleja del kiosco, del BM, del recuerdo de su hija, de la avenida y busca. Tres cuadras más allá encuentra. La esquina está desierta y al tacho de basura le falta la tapa. Mete la bolsa con la ropa en el tacho y la rocía con alcohol hasta vaciar la botella. Tira también la botella. Prende un fósforo y mira la llama un instante, antes de soltarlo. Se asegura de que haya prendido y después deja que el resto de la caja vaya a sumarse a la pequeña hoguera.

Cuando las llamas empiezan a crecer se da vuelta y regresa con paso rápido al BM. Camina comiendo Mantecol, el señor Machi, mientras, a su espalda, cada vez más lejos, el tacho de basura arde, arde, arde.

Y arde.

XI
Dibujados con un pincel finísimo de pelo de camello

35

Era un tipo querido por sus compañeros, Pablo. Por eso quizá el señor Machi pensó, por un momento, que alguien iría a hacer algo.

Pero no.

Había reunido a todos los trabajadores de El Imperio para comunicarles él mismo las novedades, el nuevo sistema. Solía mandar a alguien, a Eduardo o alguna de las pibas de administración, pero esta vez no. No fuera cosa que, entre el cariño que despertaba Pablo y después del despelote del Que Se Vayan Todos, éstos empezaran a levantar cabeza de nuevo.

Así que el día franco, una hora antes del horario en el que entran a trabajar regularmente, ustedes llaman y averiguan si los necesitamos, ¿se entendió?, afirmó más que preguntó el señor Machi.

No esperan un llamado, llaman ustedes y preguntan, agregó como si hiciera falta.

Miró a la treintena de hombres y mujeres parados delante de él en silencio, tratando de que no se les notara el descontento, la mayoría con la vista fija en el suelo, como quien busca un hueco en el que esconderse.

No quiero más problemas como el de ayer, dijo.

Ahora todo el mundo a trabajar, terminó.

Nadie ni siquiera nombró a Pablo. El señor Machi se sintió satisfecho. Y tranquilo. Agitadores, pensó, se acabaron los agitadores.

Pablo había trabajado como mozo los treinta años de su vida adulta. Conocía como nadie los secretos del oficio de servir, desde lo más formal (el orden de los cubiertos, cómo se arma una comanda, de qué lado se deja el plato), hasta lo más inaprensible (cuándo dejarse ver, cuándo volverse invisible, qué cliente necesita un trato formal y cuál busca un guiño cómplice). Y de esos treinta hacía dieciocho que trabajaba bajo las órdenes del señor Machi. Sabía las reglas, Pablo, después de tantos años: discreción, obediencia, predisposición al trabajo y otra vez obediencia. Las sabía y las cumplía. Por eso había sobrevivido a la picadora de carne de los últimos años. Por eso.

Se ganaba bien en El Imperio después de todo. Pese a que el sueldo era una miseria. Pese a que sólo una parte de ese sueldo miserable era en blanco. A pesar incluso de la cometa que tenía que dejarle a Eduardo para que le diera buenas mesas. Pese a todo eso, entre el prestigio de El Imperio, lo espléndido del show y el dólar caro que hacía de Buenos Aires una ciudad barata y llena de turistas, sumados a su calidad en el oficio de mozo, lograban que cada noche, al terminar, se fuera de El Imperio con los bolsillos gorditos de propinas. Vivía solo, Pablo, desde hacía más de una década. Sus hijas ya eran chicas grandes y su mujer lo había dejado hacía mucho, cansada de las noches solitarias y frías. Desde entonces Pablo vivía en una pensioncita de la calle Bolívar.

Es un trabajo de cornudos el nuestro, decía entre dientes, *a la hora de calentar la camita estamos siempre laburando. Eso, el factor pata'e lana*, y reía una risa sin alegría ni luces.

Así que cada noche —junto a Pipa, el Muqueño y algún otro de los muchachos— iba a un bolichón sobre la calle Moreno, a la vuelta del Departamento de Policía, a comer empanadas fritas, jugar a la baraja y tomar unas cuantas cervezas hasta que el sueño llegara y volver a la pensión no fuera tan desolador.

Pero había algo más. Una morocha petisita. Una tucumana de ojos negros y vivaces, de redondeces tentadoras y sonrisa pícara que a Pablo lo volvía loco. Servía las empanadas, la tucumana, moviendo las caderas entre las mesas, con los dientes blancos brillándole en la cara. Y cantaba también. Cuando alguno se le animaba a la guitarra y las mesas estaban bien provistas de platos y botellas, la petisita cantaba *La Pomeña* o *Doña Ubenza*. Y cada vez que esto pasaba Pablo pensaba que la tenía que invitar a salir, llevarla al cine o a algún lado. Soñaba despierto con esas redondeces bajo la luz amarilla y tenue de su pieza.

Pero cómo con este laburo, cuándo, se quejó la noche antes de la decisiva a Pipa y al Muqueño, *tendría que ser un lunes.*

Un lunes que no haya doble show, acotó el Muqueño tras un vaso de cerveza fría.

Deje de llorar, maricón, dijo Pipa, que trataba a todo el mundo de usted sin importar qué tanta confianza hubiera, *qué más puede pedir que una mina que también labura de moza y de noche, se achica el factor desencuentro y con él también el factor pata'e lana. Invítela a pasar el día al Tigre o algo así el próximo lunes que no haya doble show.*

Pero ella trabaja los lunes, volvió a quejarse Pablo, autoindulgente y temeroso, pero entusiasmado.

Déjenme explicarles.

Todos los empleados de El Imperio, especialmente los mozos, la noche anterior a su único día de descanso semanal —siempre de lunes a jueves, claro— debían consultar, antes de irse, si había programado un segundo show para la noche siguiente. Si había doble show tendrían, por supuesto, que suspender su franco.

Al señor Machi no le gustaba trabajar con franqueros. El día se pagaba, pero no había descanso. En algunos casos esa situación podía darse todas las semanas por, digamos, tres o cuatro meses.

Así que Pablo esperó y esperó. Esperó una semana y otra, lleno de temor de que algún otro se le adelantara y cuando él pudiera invitarla la petisita ya estuviera ocupada. Esperó viéndola sonreír con esos dientes blanquísimos y servir empanadas fritas moviendo las caderas entre las mesas. Esperó jugando interminables partidas de truco y la escuchó cantar *Cantora de Yala* entre falta envidos y vale cuatros.

Hasta que finalmente, cuando septiembre dejaba asomar los primeros calores y las flores de los árboles de Plaza de Mayo tapaban el cielo de violeta, llegó un domingo en el que Eduardo le dijo que para el día siguiente había un solo show previsto y que, por lo tanto, se podía tomar su franco.

Por el momento, agregó mientras se acomodaba una corbata amarilla y negra que él creía que era el colmo del buen gusto, *cualquier cosa te llamamos mañana.*

Si no, intentó Pablo aunque sabía lo inútil del intento, *si no llamalo a Gustavo que hace mucho que no le dan una extra...*

Ya sabés que a Machi no le gustan los franqueros, contestó como era previsible Eduardo.

Sí, pero..., quiso decir Pablo.

Te doy unas mesas de buenas propinas si tenés que venir, no te preocupes que no te vas a venir por nada, Eduardo le guiñó un ojo. Pretendía ser cómplice, pero Pablo ahora sólo pensaba en la petisita.

Bueno, bueno, hasta el martes...

Y esa misma noche la invitó. Le tomó tres cervezas y un par de empujones de Pipa juntar el coraje hasta que la invitó.

Un día en el Tigre, dijo, *ahora que los días están lindos.*

Dijo: *podemos dar una vuelta en bote.*

Qué te parece, dijo.

La petisita abrió grandes los ojos y después dejó caer las pestañas.

Era hora que te decidieras, sonrió e hizo que sus dientes blancos iluminaran todo el bolichón y también a Pablo. Como iban a arrancar temprano y para no perder tiempo a la mañana siguiente —hay un viaje de más de una hora al Tigre en tren— decidieron pasar la noche juntos.

En realidad Pablo lo propuso medio en broma, porque estaba un poco borracho y muy contento, y la petisita le dijo que claro, que la esperara, que en un rato cerraban.

¿Tu casa o la mía?, preguntó ya en la puerta, mientras la madrugada se desperezaba sobre la calle Moreno. Fue la de ella.

El celular de Pablo los despertó a las dos de la tarde. Pablo se desperezó y miró las desnudas redondeces de la petisita sin creerlo del todo y decidió no atender.

Hola, dijo ella.

Hola, hermosa, qué linda estás hoy, contestó Pablo porque era cierto y también para verla reír. Ella se rio. El celular de Pablo volvió a sonar.

¿Qué pasa que no atendés?, dijo la petisita que ya salía desnuda de la cama e iba a hacer mate, *¿sos casado?*

Si no lo miro es como si no estuviera pasando, pensó Pablo. Si no atiendo es como si no lo hubiera escuchado. La duda le masticaba la conciencia como un ratón hambriento. Nunca se había negado a atender un llamado de El Imperio, nunca había faltado en dieciocho años.

No, ¡qué voy a estar casado!, dijo, *debe ser del laburo.*

¿Qué, te vas?, preguntó la petisita.

Discreción, obediencia, predisposición al trabajo y otra vez obediencia, recordó Pablo. La picadora de carne, recordó. Pensó en todos los que había visto ser despedidos por mucho menos que no presentarse un día franco a través de esos dieciocho años. Y pensó en sus suculentas propinas. Pero cuando los dientes del roedor de la duda estaban socavando su deseo, la petisita volvió a preguntar si se iba y Pablo la miró, desnuda, mate en mano.

No, les digo que perdí el celular o algo, dijo con una alegría creciente, y olvidada tras tantos años de soledad, explotándole en el pecho.

Pero no duró mucho.

Al día siguiente, cuando se presentó a trabajar, Eduardo no lo dejó franquear la puerta.

Orden de Machi, dijo.

Acá tenés tu cheque, firmame los recibos, agregó y le extendió una de las últimas lapiceras que quedaban de La Claraboya.

Qué pasó ayer, preguntó todavía como si le importara, sobrador, para hacerle notar por qué poco había dejado escapar su trabajo.

Perdí el celular, Eduardo, y además estaba en el Tigre y era mi día libre, o sea, balbuceó Pablo, *no me van a echar por esto después de tantos años.*

Eduardo lo cortó en seco.

Vos sabés cómo es Machi.

Pero, dijo Pablo y no dijo más. Pensaba en lo difícil que iba a ser ahora todo sin trabajo. En la guita que tenía que pasarles a sus hijas, en la pensión. Pensó en la petisita: ya era una piba grande para tenerle la vela a un pelotudón desocupado.

Y... sabías que te podíamos necesitar, completó Eduardo la única idea que tenía.

Decile a Machi que estas cosas se pagan, dijo Pablo al devolverle la lapicera.

Quedátela de recuerdo, dijo Eduardo negándola con una sonrisa burlona y condescendiente asomando en la comisura de los labios.

Se pagan, repitió Pablo. *Decile.*

36

Durante tres largos años había logrado evitar cualquier tipo de encuentro. Un poco porque Luciana no lo había llevado mucho, otro poco porque el pibe —Federico o Felipe, nunca supo— tampoco parecía muy interesado en dejarse ver o conocerlos y, por último, porque las veces —pocas— en que se hicieron encuentros entre el noviecito y la familia, el señor Machi se había escabullido pretextando trabajo o un viaje inesperado.

No estaba ansioso por verle la cara barbuda —le queda tan linda la barba, decía siempre Luciana— al tipo, Felipe o Federico, que se movía a su hija.

Pero esta vez no había nada que hacer. Luciana les venía diciendo que se quería ir a vivir con el novio y ahora habían conseguido departamento. Se mudaban el jueves así que los invitó a los tres —el señor Machi, Mirta y Alan— a almorzar el sábado siguiente.

Con Fe pensamos hacerlo al mediodía para que papi pueda venir, dijo. Lo que lo dejaba sin escapatoria.

El pibe —Federico o Felipe— tenía un par de años más que Luciana, pero no estaba recibido. No estudiaba, tampoco. Y trabajaba de cualquier cosa.

Trabaja de lo que sea, repetía orgullosa Luciana, *es escritor.*

Así que Felipe o Federico trabajaba de cualquier cosa para poder escribir. El señor Machi podía imaginarse al barbudo ese mientras se montaba a su hija y pensaba en sus millones y en cómo le permitirían escribir sin preocupaciones.

Poemitas debe escribir, pensaba el señor Machi.

¿Y qué escribe?, preguntó.

Cuentos más que nada, se entusiasmó Luciana, *está terminando una novela ahora, una novela policial.*

El departamento quedaba por Congreso, era chiquitito y estaba plagado de libros y fotografías en blanco y negro de tipos presumiblemente muertos. El señor Machi frunció la nariz.

Cómo le va, le dijo Federico o Felipe tendiéndole la mano, después de saludar con un beso a Mirta y otro a Alan.

Ése quién es, preguntó el señor Machi como toda respuesta mientras señalaba una foto cualquiera.

Dashiell Hammett, un norteamericano que...

No me gustan los norteamericanos, cortó el señor Machi dando por terminada la conversación, *prefiero a los ingleses, los ingleses inventaron todo.*

Y más o menos en esos términos fue todo el almuerzo.

¿Toma vino?, ofreció Felipe. O Federico.

Sí, pero vino bueno tomo... Nena, por qué no me dijiste que necesitaban y yo traía.

Luis, por favor, terció Mirta, *¿desde cuándo nosotros...?*

Desde que lo puedo pagar, interrumpió malhumorado el señor Machi.

Ay, papá, intercedió Luciana, *no seas malo.*

Y, restándole importancia a lo dicho, lo empujó cariñosamente. Después besó a su novio —esa barba sucia, pensaba el señor Machi, metida en la boca de mi nena— y le dijo que no le hiciera caso, que papá era siempre así al principio.

Es un bruto, completó Alan para apoyar a su hermana, *perdonalo, Fe.*

El muchacho, Federico o Felipe, no contestó enseguida. Pensó que no, no lo perdonaba y sí, sí le hacía caso. Decidió en ese momento que un día escribiría una novela en la que el señor Machi sería protagonista y en la que le sucederían cosas terribles. Se sirvió un vaso de vino y lo tomó todavía en silencio, sin mirar a nadie.

No pasa nada, dijo después.

37

Preparame un whisky, querés, que tengo la garganta seca.

¡No, qué voy a estar duro! Caliente es lo que estoy. A ver si cualquiera me va a dar consejos a mí. A ver si porque nació en cuna de oro tu viejo se cree que me puede sermonear a mí.

¿Sabés lo que me dura tu viejo? Un llamado, me dura. No, no me pongás caritas, un llamado, te digo. Se pasó su tiempo, Mirta, y no lo quiere entender. Hoy con el doble apellido no asustás a nadie, sabés.

Yo construí un imperio, nena, no es joda. No tenía nada. La cultura del trabajo decía mi viejo —dios lo tenga en su gloria—, que tampoco entendía nada, pobre viejo.

Parece una boludez ahora, parece fácil, pero había que hacerlo, eh. Había que estar atento, acertar. Hay que ver si tu viejo que se llena la boca hablando hubiera podido, si la hubiera visto venir.

¡Una fabriquita de morondanga, eso es todo lo que tenía yo! No hectáreas y hectáreas de campos y cabezas de ganado y un apellido ilustre. No. ¡Una fabriquita textil, apenas! Y el bar que habíamos armado con un par de amigos. Nada más. Pero la vi. La vi venir, porque soy un hombre de negocios, un selmei men, como Alejandro.

¡A ver si tu viejo hubiera podido!

Es muy fácil hablar cuando uno viene forrado de tres generaciones, pero hay que saber pelearla, pensar cada mango, estudiar qué sirve y qué no. Por ejemplo con las lapiceras de *La Claraboya*: calculé y las traje cuando el dólar estaba barato y me salieron centavos y después, cuando se fue a la mierda y Buenos Aires estaba llena de turistas, las vendí como souvenir a la salida del espectáculo e hicimos una diferencia bárbara. Por eso guardé unas cuantas de recuerdo y las uso para firmar cosas importantes, entendés. Una diferencia así de grande hice. Y eso que el espectáculo, el lugar, todo era medio de cuarta por entonces.

¿Y si estoy duro de nuevo, qué? ¿Me la pagás vos la merca? ¿Tu viejo me la paga? ¿Tu apellido doble, eh? Servime un whisky, querés, y escuchá lo que te estoy diciendo. Dame bola una vez a mí, querés.

Te decía que aunque *La Claraboya* no era *El Imperio* y que todo era medio de cuarta la guita la hicimos igual. Por qué, a ver, decime. Porque aproveché las oportunidades. Porque fui pillo y ser vivo es más importante que ser inteligente, a ver si te lo metés en la cabeza...

Sí: el espectáculo era medio berreta. La comida de mediocre para abajo, sí. Y lo que quieras, pero aproveché las oportunidades que se presentaron y seguí el consejo de Alejandro —a quien tu viejo no traga porque es un *selmei men*, no como él que es hijo y nieto y bisnieto de ricos— y me hice amigos que sirven y que me fueron avisando cómo venía la mano. Y después hice lo que había que hacer. Cosas que a tu viejo no le hubiera dado la sangre para hacer, ni la picardía, por mucho doble apellido que tenga. Y que mi viejo hubiera creído que eran inmorales o algo.

¡Me embarré hasta acá, para que ahora vengan a darme sermones!

Y no me voy a bancar que me diga cómo tengo que vivir. Igual que no se lo permití a mi viejo, un tano bruto meta laburar y laburar sin pensar, sin hacer cuentas

ni amigos. Pero así no se hacen negocios, ni guita gran-
de: así se hacen infartos. ¡Para laburar están los negros!

¿Ellos hubieran visto la posibilidad del grupo XL, los
beneficios de juntarse con Varano y liquidar Machitex?
Y si no hacíamos ésa, ¿de qué manera hubiéramos metido
a El Imperio a jugar en primera, a ver? ¿La hubieran
visto, eh? Decime... O que me diga tu viejo que la sabe
tan lunga.

No, no lo hubieran visto porque eran de miras es-
trechas los dos. Había que escuchar el rumor de los pasi-
llos, de la calle, de los bastidores del poder, me entendés,
Mirta.

Ves, mirá: con éstas, con éstas hice la guita. Firman-
do papeles en el momento justo.

Voy al baño, ya vengo. Preparame otro whisky, querés.
¿Y el whisky ese que te pedí?
Bueno, era hora. Servime otro.

Por ejemplo, la fabriquita, ¿dónde íbamos a ir con
la fabriquita con el dólar a un mango? ¡A la mierda nos
íbamos a ir! Mi viejo hubiera agachado el lomo y a la-
burar. El tuyo ni eso, si lo único que sabe hace es montar
a caballo, contar vaquitas y hablar con una papa en la
boca de tu alcurnia y qué sé yo qué más. Pero ahí no
valían palabras, había que pensar rápido y sin sentimen-
talismos y actuar. Como cuando hubo que prender fuego
a La Claraboya para cobrar el seguro.

No me rompas los huevos, Mirta, y traeme ese whisky
de una vez. Si se me da las bolas de tomarme un pase,
me lo tomo acá, con una de estas lapiceras que compré
por monedas y vendí por billetes.

¡Con éstas, ves, con éstas se hacen los negocios!
Lo que había que hacer, hice.

Metí la fábrica en el grupo inversor de Varano, emi-
timos bonos, la vaciamos y fuimos a la quiebra un par
de años después. En el 92 teníamos un textil medio pelo

y en el 94 pude meterle casi dos palos sólo de remodelaciones al negocio, date cuenta. Y ahí contratamos al Viejo Lazzaro y los otros monstruos para la orquesta y empezamos a jugar en primera.

¡Convertí El Imperio en un imperio!

Aunque mi viejo llorara la fabriquita y ahora el tuyo venga a darme lecciones de vida. Pero no sé para qué me gasto en explicarte si vos entendés menos que ellos.

Servime otro whisky, querés.

XII
Etcétera

38

Cada vez falta menos para salir de esta pesadilla, piensa el señor Machi, una vez más al volante de ese rayo negro de doscientos mil dólares que surca el asfalto sucio y va dejando miradas de asombro y envidia a su paso.

Hace una parada a un costado de la autopista, baja con el cortacadenas Whave y de un solo golpe corta las esposas que se aferran a un saliente del baúl. Después las tira al medio de la autopista y se queda mirando, con una sonrisa estúpida y satisfecha colgándole de los labios. Igual que hizo con la lapicera de La Claraboya, ahora mira cómo esas esposas recubiertas de peluche rosado que lo habían aterrado hace tan sólo un par de horas —¿o fue menos? ¿O mucho más?, el señor Machi descubre que perdió la noción del tiempo y que no hay Rolex de oro blanco que se la devuelva— se transforman en una amorfa e inofensiva masa grisácea bajo las ruedas de autos y camionetas.

Cada vez falta menos, confirma, parado aún, inmóvil, mientras los Duna, los Quinientos Cuatro, los Diecinueve terminan su trabajo.

Y entonces a sus espaldas, en el asiento del acompañante del BM, suena su celular. El señor Machi entra y lo mira extrañado, como si un animal prehistórico y extinguido hace tiempo hubiese aparecido de pronto. Lo deja sonar dos veces más antes de atender.

Machi, dice después.

¿Habíamos quedado que me llamaras hoy?, pregunta, *¿a esta hora?*

Ok, acuerda, *en quince estoy por ahí.*

Dice: *sí, veinte gramos preparame.*

Pero pasás a cobrar esta noche por el negocio, advierte, *estoy sin cash.*

El BM arranca, veloz como un rayo, y vuelve a desviarse de su recorrido, en esta mañana interminable.

39

Un rato después, mientras maneja con un par de pases más calentándole la nariz y enfriándole las ideas, el señor Machi empieza a desanudar su lista de sospechosos.

Se ríe solo, por un momento, de sus desconfianzas iniciales.

Las minitas, por ejemplo. ¿Cómo iban a hacer la Colorada o la otra para armar un complot semejante?

¿Y Gladis? Menos todavía.

Reconoce que le hubiese gustado cogérsela un par de veces más a la paraguaya. Se relame el señor Machi y de pronto le parece que las nubes que cruzan el cielo celeste tienen forma de caderas duras y pechos turgentes.

O el amiguito de Alan, piensa. Por dios santo, a ver si el maricón ese va a ser peligroso ahora. Amiguito, maricón, resuenan las palabras dentro del señor Machi y el eco que producen es ensordecedor.

Tengo que hacer algo con ese pibe, piensa y sacude la cabeza en un gesto que repite cada vez que se cruza en su mente la sombra de Alan abrazado al rubiecito de andar lánguido.

Pero no puede haber sido él, tampoco. Claro que no.

Sin duda hubo una concatenación de casualidades. El celular, por ejemplo, que lo asustó tanto, ya funciona.

Hablando de eso, piensa.

Sin dejar de manejar llama al Cloaca.

Esta tarde tipo seis te quiero en El Imperio, hay un temita que tenemos que hablar, le dice apenas lo atiende.

¿Qué pasó que no me atendiste un llamado hoy?, pregunta.

Y sin dejarle tiempo para contestar agrega: *ya me lo explicarás esta tarde.*

Después corta.

Deja el teléfono en el asiento del acompañante y vuelve a la lista.

Cuanto más lo piensa más claro se le hace que no era contra él, que hubo algún descuido en la seguridad de El Imperio que alguien aprovechó y que su auto debe haber sido una circunstancia, producto de la posibilidad. Lo que fuera que había en juego no era en contra de él, sino contra eso que dejó tirado en los pastizales de una casa abandonada en las afueras de Moreno.

El Patrón Casal, piensa.

No se va a ensuciar por la puta de la mujer. Los futbolistas saben que son carne de cuerno, con el tema de las concentraciones, los viajes; lo tienen asumido de alguna manera.

Además, cuántas veces se fue de El Imperio con una o dos de las chicas de Mariela Báez.

O Mirta, ¿qué tendría para ganar con una cosa así? No guita, por cierto, los que nacen en cuna de oro casi nunca piensan en dinero.

La única forma de no pensar en la moneda es tenerla, solía decir Alejandro Wilkinson.

Tenerla desde siempre, para siempre. La seguridad del dinero más que el dinero mismo.

Y el señor Machi sabe que Mirta lo quiere, que es una rompepelotas pero lo quiere, que no haría nada para lastimarlo.

A un costado del camino hay un puesto en el que venden equipos de gimnasia de imitación. Ropa como la que deben comprar sus mozos o Gladis para su hijo. Equipos de gimnasia Abidas, zapatillas Mike, remeras Reebot.

El señor Machi detiene el BM junto al puestero y, sin bajarse, abriendo apenas una hendija de la ventanilla, compra, con lo que le queda en la billetera, un par de zapatillas talle 44, una chomba y un conjunto de campera y pantalón.

Hace un par de kilómetros más antes de parar en la banquina y cambiarse dentro del auto, sin apagar el motor.

Es hora de sacarse de encima la sangre, el vómito y la tierra, piensa el señor Machi.

Después putea un par de veces por lo bajo. La joda le está costando, además de la coima de los dos policías (que incluyó la Glock que era un recuerdo del Loco Wilkinson, carajo), además de la compra del cortacadenas Whave y la sierrita, además del tiempo y el malhumor, un hermoso Scappino y una camisa Armani de 300 dólares. Pero lo cierto es que la sangre una vez que se seca no sale más, recuerda el señor Machi de sus días de empresario textil, lo que sí puede salvar, por suerte, es la corbata; una corbata de seda italiana de su colección de más de trescientas. El resto, hecho un bollo, va a parar a la bolsa en la que el puestero le dio la ropa deportiva de nombres alterados.

Ahora, vestido con un equipo de gimnasia Abidas azul, el señor Machi piensa una vez más en el viejo Heredia.

Otra idea descabellada, piensa. Cómo iría a hacer una cosa así el viejo.

Recuerda la nariz chata y las orejas arrepolladas por años y años de golpes y la fricción contra cordones ásperos de guantes de catorce o dieciséis onzas; marrones los guantes en manos duras y hoscas. Recuerda la barriga cervecera y que los pocos dientes que el deporte no se había llevado conservaban un blanco purísimo. Recuerda la voz profunda del viejo, el hablar pausado y carente de entusiasmo salvo cuando el tema era el boxeo. Recuerda, finalmente, su desasosiego cuando la muerte de Martínez. Una desazón enorme, redonda, perfecta. Una tristeza de hijo perdido, de última chance, de tren que se va. Porque algo terminó para siempre en la vida de Heredia cuando se suicidó Martínez, sabe el señor Machi.

Y pese a eso, es descabellado imaginar que el viejo, piensa sin llegar siquiera a terminar el concepto.

Además, se justifica, fue una tan sólo una peleíta arreglada, nada fuera de lo común.

Piensa que no se le puede achacar a él que Martínez se haya pegado un corchazo. Los boxeadores están yendo presos o amasijándose a cada rato. A ver si iba a ser su responsabilidad cada vez que uno de esos negros cabeza decidía irse a pasear a la quinta del Ñato.

Una locura.

Sin un cadáver desconocido en el baúl de su auto siente que allí donde lo habitaba el miedo crecen un entusiasmo y una alegría desconocidos. Y que razona con más claridad.

Es increíble lo que nos puede hacer el miedo en la cabeza, filosofa.

Increíble.

Pablo, por ejemplo, ¿cómo pude haber creído? Si es un pobre tipo que lo único que sabe hacer es servir la comida sin equivocarse. Pensar que Pipa se está moviendo a la tucumana esa por la que colgó el laburo, piensa y sonríe. Después se pregunta quién le habrá contado eso y desde cuándo sabe chismes de la vida de sus empleados. No importa. Vuelve a sonreír y la sonrisa crece en risa franca. Se ríe abiertamente ahora, el señor Machi. Fuerte, a carcajadas. Nada lo divierte más que una vieja cayéndose por la calle o cuando le soplan la mina a alguien. Sobre todo a alguien que fue tan boludo como para perder el trabajo por esa mina.

Confirma su pulso firme sobre el volante, la respiración calma, la vista clara.

Son asombrosas las hipótesis que llegué a barajar, piensa con ternura por él mismo.

Los comunistas esos de la fábrica, sin ir más lejos, ¿cuánto hace de aquello?, ¿treinta, treinta y dos años?

Por favor, se indigna como si retara a un niño.

Si yo sé bien que los pasaron a valores, piensa, que Romero y Almirón no perdonaban. Además, ¿quién iba a tramar algo tan complejo para vengarlos treinta y pico de años después? Ni siquiera los zurdos son tan vengativos. Sin olvidarse de que el Cloaca los huele a kilómetros de distancia: los reconoce por la forma de caminar o de mover las manos, por el tono de la voz o el olor.

Una locura, se repite, en el momento en el que en su campo visual aparece un cartel verde que anuncia que ésa es la salida que tiene que tomar para ir a su próximo destino, el último antes de volver a su casa.

Dobla, sin reducir la velocidad.

Para eso manejo una máquina de doscientas lucas, piensa.

40

Última parada, vuelve a pensar el señor Machi sin saber si es un diagnóstico o apenas una expresión de deseo, al estacionar en el shopping, donde cree recordar que hay un local de una cadena de librerías. La única librería-disquería de la zona. Trata de recordar si lo conocen, si alguna vez fue por ahí. Cree que no.

No le gustan las librerías y sólo recorre shoppings cuando va a Miami: Aventura, Sawgrass, Zambrano's, ésos son malls. Malls, piensa, como dicen los yankis. Seasars, Marshall, JC Penny, ésas son tiendas.

Lo cierto es que cree que nunca antes estuvo ahí. Mejor, piensa.

Se siente un poco ridículo con el equipo de gimnasia Abidas y los anteojos de sol Versace así que los guarda en uno de los bolsillos. Se pregunta si alguien reparará en su ropa de marca pirata pero casi al mismo tiempo decide que no tiene importancia. Él sabe perfectamente qué fue a hacer ahí.

Aceptan tarjetas, ¿no?, le sugiere a la vendedora, una chica rubia de unos veintipocos años que le contesta con desidia y sin levantar los ojos de la revista que está leyendo, que sí: Mastercard, American y Visa, con un mínimo de setenta pesos.

El señor Machi ve en ella una oportunidad de probarse, de ver cuánto ha recuperado ya de sí mismo. Da tres golpes suaves con el dedo índice sobre el mostrador y usa un tono que lo deja conforme, un tono en el que se reconoce.

Chiquita, te estoy hablando, dice.

¿Sí?, responde la chica mientras deja la revista abierta en la página que estaba leyendo, apoyada con la tapa y la contratapa hacia arriba —¿será cierto que Mariano Trossini se separó de su mujer porque la engañaba con otra bailarina de su programa?— como una mariposa de farandulismo y cholulería a punto de alzar vuelo.

Tarjetas de crédito: ¿trabajan?

Sí, ya le dije, Mastercard, American y Visa, con un mínimo de setenta pesos.

Claro, dice el señor Machi y el tono se hace cada vez más robusto, *lo que no dijiste fue señor, ni me preguntaste qué necesito. ¿Podemos empezar por ahí?,* agrega después, seguro de haber acertado, de estar en el camino correcto, en su papel de siempre. Y de que ella ya tiene que haber entendido cuál es ese papel.

Sí, señor, disculpe, por favor, le confirma la chica guardando la revista bajo el mostrador; como si de pronto hubiera entendido que es inconcebible leer mientras se atiende a un cliente como aquél.

¿Qué anda buscando? Dígame en qué puedo ayudarlo.

Y repite: *por favor.*

Sonríe conforme, el señor Machi, satisfecho. Se da cuenta de que está parado más erguido y que es dueño de la situación. Tose dos o tres veces sólo para oír su tos y hacerla esperar. Después se dispone a disfrutar de la actitud servil y esforzada de la chica rubia, a la que le toma un rato entender, con los confusos y fragmentarios datos que él le puede dar, cuál es el libro que busca.

Diez minutos después lo logra y le pregunta si necesita algo más, esperando que la respuesta sea no.

Sí, dame otro libro que le pueda interesar a Luciana, responde el señor Machi. Y espera.

La vendedora, titubea. Cómo puede saber ella qué libros le gustan a la hija de ese tipo.

¿Del mismo autor?, arriesga. Sabe con vergüenza que no puede ni siquiera pronunciar ese apellido.

En esa vergüenza crece el señor Machi, se rearma, las palabras fluyen como dictadas por un demiurgo personal.

Hace diez minutos que te explico qué lee Luciana, linda, dame otro libro que le pueda interesar, dicen en el fluir.

Claro, señor, se disculpa la vendedora y enseguida llama a una amiga psicóloga y cruza algunos datos entre internet y el stock de la librería.

Así que, además de *Las palabras y las cosas,* el señor Machi se lleva *El grado cero de la escritura,* de Barthes y dos libros de Sidney Sheldon, para Mirta. Compra también un DVD con un show de la última gira de Madonna para Alan y dos discos para él: uno de Ricardo Arjona y otro de Diego Torres.

Envolvé todo para regalo, dice, *y quiero cada cosa en una bolsa distinta.*

Después sale del negocio con los diversos *señor* de la vendedora joven y rubia —sí, señor; por supuesto, señor; alguna otra cosa en la que lo pueda ayudar, señor; muchas gracias por su compra, señor; esperamos volver a verlo pronto, señor— que resuenan en sus oídos como un mimo demorado.

41

Antes de volver al BM el señor Machi pasa por el baño a refrescarse la nariz.

Ahora sí.

Sentado en la butaca cuyo tapizado él mismo eligió y que parece la caricia de un culo joven, desarma los paquetes de libros y discos y envuelve con ellos el traje Scappino y la camisa Armani arruinada por la sangre, el vómito y la tierra y mete todo en la bolsa en la que vinieron el equipo de gimnasia, la chomba y las zapatillas. Arriba amontona las seis bolsitas de la librería, les vuelca arriba lo que queda de Coca-Cola recalentada, mete también la botella de plástico en la bolsa, a la que le hace un nudo.

Baja del BM, camina sin apuro y busca.

A un par de cuadras encuentra una lo bastante líquida como para ser útil a sus planes: sonríe con una picardía casi infantil antes de embadurnar la bolsa con mierda de perro. Después arruga la nariz, apura el paso hasta el primer árbol y ahí deja la bolsa.

El sol brilla en lo alto y su resplandor es de una luminosidad sucia que remite vagamente al marfil, a manteca derretida, al color del hueso o de lana en el cuerpo de una oveja moribunda.

Nadie va a revisar esa inmundicia, piensa el señor Machi y vuelve a ponerse los anteojos oscuros.

También piensa que se acerca el final.

XIII
Que acaban de romper un jarrón

42

La entrada del country en el que vive la familia Machi parece un enorme parque de golf con algunas cuantas mansiones salpicadas por acá y por allá. El perímetro, delimitado por una alta ligustrina verde prolijamente recortada cada tres días por un ejército de jardineros, cuenta, cada una docena de metros, de una garita de seguridad. Gastan mucho, muchísimo dinero, los habitantes de El Barrio —les gusta llamarlo así, El Barrio, les da una sensación de sencillez, de sinceridad, un aire comarcal como de paraíso recuperado— en vigiladores, cámaras, alarmas; en la ficción de la seguridad.

En Buenos Aires no se puede vivir más, es común que los vecinos de El Barrio les digan a sus amigos que todavía viven en presuntuosos palacios urbanos en Las Cañitas o Barrio Parque, *en cualquier momento un hijo de puta te pega un tiro en la cabeza en un semáforo.*

Además, suelen agregar las mujeres, *acá los chicos tienen sus amiguitos, crecen en contacto con la naturaleza,* y señalan a los niños que corren.

Corren los hijos de esos padres que no podían vivir más en Buenos Aires por el miedo a que algún hijo de puta, algún negro hijo de puta, les volara la cabeza en un semáforo. Corren sobre el césped prolijamente recortado cada tres días por un ejército de jardineros. Corren junto a otros nenes idénticos a ellos, los amiguitos que sus padres les eligieron. Corren observados por cámaras estratégicamente ubicadas.

Cámaras de seguridad, garitas, hombres armados, piletas de natación, y cientos de jardineros que emprolijan el pasto: el regreso a la naturaleza en El Barrio.

En el extremo oeste de la ligustrina está la entrada, dos puertas automáticas y tres agentes de seguridad la custodian.

El señor Machi activa la puerta y saluda con un movimiento de cabeza al vigilador que se acerca.

Ronronea, ansioso, el BM.

Buenos días, señor Luis; dejó dicho la señora Mirta que, alcanza a decir el vigilador antes de que el señor Machi, que ni lo escucha, lo interrumpa —*después, después,* dice— y acelere de manera imprudente para la carísima tranquilidad de El Barrio.

Llegar, piensa, llegar de una vez.

43

Nada más entrar en su casa el señor Machi siente que el problema terminó, que lo que queda ahora es una anécdota extraña y oscura para contar, y que nadie la crea, en su círculo íntimo en tres o cuatro años. Se burla de sus temores, sus sospechas, de haber tenido dudas sobre su buena estrella.

Soy un tipo con suerte, piensa, si no hubiera enganchado los clavos miguelito, si no hubiera pinchado la goma, andá a saber cuándo me daba cuenta de que eso —vuelve a pensar eso— estaba ahí.

Imagina que lo hubiesen encontrado cuando llevaba el BM a lavar, por ejemplo, y algo del estremecimiento anterior regresa. Pero es un malestar fugaz. Él está en su casa. Eso en un baldío tras una casa abandonada en La Reja a la que no podría volver ni aunque quisiera, tantas son las vueltas que le deparó esta mañana.

Vuelve a ser —a sentirse— un hombre de negocios.

Y a confiar en que los hombres de negocios tienen rivales, competidores, empleados o socios, pero no enemigos.

Ahora una ducha, un buen desayuno y a dormir un rato, piensa.

Mirta, grita, *llegué.*

Pero no recibe respuesta.

¿Esta rompepelotas se habrá ido otra vez?, se pregunta, ¿no se aburrirá de la comedia de la mujer enojada que corre a la casita de sus viejos?

Mirta, repite.

Mirta no responde.

Mejor, piensa el señor Machi y se arma dos rayas bien cargadas sobre una mesita de mármol de Carrara que tiene en el living.

Jala una vez.

Dos veces.

Arma dos más, de puro vicio. Y jala.

Respira hondo después, se aprieta las fosas nasales, agita un poco la cabeza. Mueve la mandíbula de un lado al otro y frunce los labios. Hace una mueca que es, casi, una sonrisa.

Después guarda lo que le queda de cocaína en un jarrón de porcelana que hay sobre la mesita de mármol.

Guillote, le gusta llamarlo, por aquello de *ese jarrón no es mío, me lo pusieron* del caso Cóppola, ¿se acuerdan?: Yayo, Samantha, el Conejo, Jacobo —el Gordo y Guillote, claro— y un lío bárbaro que puso por primera vez en la agenda de los medios el tema de la merca.

Era increíble, piensa ahora el señor Machi mientras guarda su bolsa en el jarrón al que llama Guillote, uno prendía la tele a las dos de la tarde y había alguien hablando de cuántos gramos por día tomaba o dónde se conseguía más pura.

Herminia, grita entonces.

Herminia.

¿Esta hija de puta se llevó a la sierva, también?, se pregunta, ¿ni una nota habrá dejado?

De pronto recuerda: Mirta suele dejar las notas de despedida en su mesa de luz. Hacia allá va, llevándose a Guillote con él.

Pero no hay nota. Ni nota ni nada.

Revisa extrañado la mesa de luz —cajones, cajoncitos y estantes— pero no encuentra nada. Se da cuenta entonces de que el placard de su mujer está abierto y que no hay ropa.

Nada de ropa.

Nada de nota, piensa, nada de ropa: parece que se lo tomó en serio.

Es que su esposa suele llevarse un par de mudas y un bolso lleno de medicamentos cada vez que decide irse para siempre a la casa de sus padres en Santa Fe, pero esto de vaciar el placard y llevarse a la doméstica es algo nuevo.

Alan se debe haber ido con ella, supone con alivio el señor Machi.

O a lo de su amiguito. Agita la cabeza. Y suspira.

Mejor, vuelve a pensar, me va a venir bien un descanso.

Descuelga el teléfono de la pared y marca el llamado automático programado en el número cinco: Eduardo.

¿Sí?, contesta la voz todavía dormida de su sobrino.

Llamá a BMW y conseguime un alfombrado nuevo para el baúl y una goma de auxilio.

¿Luis?, pregunta Eduardo que no termina de despertarse, *¿qué?, ¿para tu auto?*

No, para tu 128, boludo: claro que para mi auto, contesta el señor Machi omitiendo responder las dos primeras preguntas.

Pero, atina a decir Eduardo.

El señor Machi, por supuesto, ya cortó.

Se desviste. Tira el equipo de gimnasia Abidas, las zapatillas Mike y la chomba Reebot en un rincón.

Después se lo regalo al tipo que limpia la pileta, piensa. Se siente generoso.

Se saca la ropa interior, también, pero la pone aparte: ésa es de marca, no es para regalar.

Desnudo como está busca en el cajón de roble en el que guarda su colección de tabacos uno que acompañe la ocasión. Estudia los Cohiba, los Montecristo, los Partagás, hasta que se decide por un H. Upmann.

Sí, sonríe conforme con su elección, un Sr. Winston de H. Upmann, el mejor churchill del mundo. Un tabaco para fumar con tranquilidad y tiempo, paladeándolo.

Después de bañarme, decide y lo deja sobre su mesa de luz.

Al lado peina dos rayas gordas de cocaína que saca de la bolsa que estaba dentro del jarrón de porcelana. Mira las dos columnas blancas alargadas sobre la mesa de luz y duda un instante. Después se las toma en un ida y vuelta.

Cuando salga de la ducha preparo más, piensa y sonríe mientras los ojos se le abisman.

Se mira en el espejo que tiene en la pared. Aprecia su desnudez. Se para de frente, de perfil. Incluso de espaldas. Se observa con detenimiento los brazos, las piernas, el pecho, el sexo, el culo.

Estoy hecho un pibe, piensa y larga la carcajada.

44

Durante la larga hora bajo la ducha caliente, en cambio, el señor Machi no piensa en nada.

Nada.

Por primera vez desde que comenzó todo aquello puede detener la locomotora que avanzaba a marcha forzada en su cabeza. No piensa en complots ni en casualidades. En lo que fue ni en lo que pudo ser. Tan sólo el chorro abundante de agua y el vapor llenándolo todo, un masaje caluroso y húmedo que su cuerpo recibe agradecido. Se descubre golpes, moretones, rasgones, picaduras.

Pero no piensa en nada.

Nada.

Ni el Cloaca, ni su mujer, ni Heredia, ni los bolches de la fábrica.

Nada.

Ni clavos miguelito, ni esposas de peluche, ni putas caras, ni la Glock que le regaló Alejandro Wilkinson.

Nada.

Y pasa más de una hora antes de que el señor Machi decida salir de la ducha y envolverse en una toalla blanca y esponjosa como una nube de primavera.

Recorre una parte de su casa así, envuelto en la toalla blanca. En el barcito que tiene en la sala de estar se sirve una medida de Chivas. Después vuelve a su habitación y se toma un par de pases y se acuesta, desnudo, sin terminar de secarse, en su cama, sobre un acolchado peludo y verde.

Ahora sí, prende el cigarro. Paladea el sabor suave pero perdurable, robusto, de madera y tierra del H. Upmann, que fuma con tranquilidad y paciencia para no quemarlo demasiado rápido e irritarse las fosas nasales.

Las uso mucho como para lastimarlas, bromea y sonríe una vez más.

Promediando el cigarro nota que una parte de su cuerpo se está desperezando, inquieta, y decide que aprovechando la ausencia de Mirta puede pedirle un par de chicas a Mariela Báez.

Dos, piensa, o tres.

Piensa: una buena partuza, eso me hace falta.

Y llama.

Mariela, habla Machi, estoy en casa. Mi mujer se fue a la mierda y me siento un poco solo, ¿no te querés venir para acá con un par de tus mejores chicas?, dice

Pero dame tres horas, dice, *así duermo un rato.*

Dice: *avisame cuando estén llegando para que me despierte, porque estoy muerto.*

Corta. La palabra muerto resuena en el vacío que la ducha caliente, el cigarro y el whisky dejaron en su interior. Hay un quiebre en la placidez en la que estaba sumido desde que llegó a El Barrio.

Muerto, piensa el señor Machi.

Muerto, repite.

Pero más que un quiebre es una grieta. O mejor, una pequeña fisura. Ya no hay lugar para el miedo, ni para la ansiedad. El asunto quedó atrás y ahora el señor Machi se pregunta con una curiosidad distante, como si todo le hubiera pasado a otro, quién sería el tipo aquel al que alguien le pegó un tiro en la cara y lo esposó al baúl de su auto. A quién habrá jodido tanto como para que se la den de esa manera, se pregunta.

Pero *andá a saber,* es la única conclusión a la que llega.

Se pone un calzoncillo y una remera de algodón. Piensa que mejor que se tire a dormir un rato antes de que lleguen las putas. Eso hace. Y sueña que todo lo que pasó no fue más que una farsa, una fantochada, que de pronto empiezan a aparecer desde atrás del decorado, uno a uno, los protagonistas de sus temores hasta que el muerto, con la cara borrada por un disparo y la mano derecha amputada, le dice que todo era una jodita para el programa de Trossini.

O algo así.

45

Lo despierta el timbre del teléfono.

En quince minutos estamos por ahí, Luisito, mi amor, dice Mariela Báez.

El señor Machi sale de la cama y va al baño a lavarse la cara y los dientes. Frente al espejo se inspecciona, una vez más, ojeras y arrugas.

Bueno, a vestirse, Luis, le dice al rostro que él no ve ojeroso y arrugado en el espejo. Elige un perfume de su colección —212, Fahrenheit, Terre d'Hermès— y se perfuma el cuello, el pecho, las muñecas, el vientre.

¡Cómo me voy a empilchar hoy!, piensa.

La camisa Versace lila, piensa.

El traje Brioni que compré el otro invierno en Nápoles.

Sí, señor.

Los Upper and Linning de punta fina.

Y una de sus corbatas rojas de seda: quizá la que le regaló Thaelman para fin de año, que es una de sus favoritas.

Nuevo rico, piensa, te voy a dar nuevo rico, la puta que te parió.

Ya en su habitación se peina un poco y saca del botinero los zapatos elegidos.

En la caja en la que guarda sus joyas y relojes, busca los gemelos Armani con incrustaciones de rubí. Después va al placard grande y separa la camisa lila y el traje y los deja sobre la cama. Evalúa el conjunto con aprobación y empieza a vestirse. Cuando termina se mira en el espejo grande.

Sólo falta la corbata.

Duda un poco, el señor Machi. ¿Valdrá la pena elegir una? Mariela y sus chicas deben estar por llegar, piensa, para lo que me va a durar la ropa puesta.

Pero ama sus corbatas. Cada una de las corbatas de su colección. Casi trescientas corbatas de seda italiana. Así que va hasta el armario donde las guarda, colgadas en perchas especialmente diseñadas. Abre el armario y lo primero que ve es la Marinelli roja que le regaló Thaelman para fin de año.

O lo segundo, en realidad.

Da dos pasos hacia atrás y cae el señor Machi, siente que se abre una espiral descendente bajo sus pies, cae sobre la mesa de luz y tira el jarrón llamado Guillote. Hay un estruendo de porcelana y un desparramo de merca pero el señor Machi no ve ni escucha, aturdido por sus propios demonios.

En el armario, ahorcado con su corbata de seda preferida, un desconocido —la piel muy pálida, la lengua que le cuelga fuera de la boca como si se estuviera derritiendo— lo mira con los ojos fríos.

Y muertos.

Buenos Aires, octubre de 2009

Aclaración:
Lo que acabás de leer es una obra de ficción,
cualquier parecido con personas
o situaciones de la vida real bla, bla, bla.

Índice

Este libro se terminó
de imprimir en
Móstoles, Madrid,
en el mes de
diciembre de 2017